LA PREMIÈRE STARFIGHTER

STARFIGHTER TRAINING ACADEMY - VERSION 1

GRACE GOODWIN

La Première Starfighter

Copyright © 2021 by Grace Goodwin

Tous Droits Réservés. Aucune partie de ce livre ne peut être reproduite ou transmise sous quelque forme ou par quelque moyen que ce soit, électronique ou mécanique, y compris photocopie, enregistrement, tout autre système de stockage et de récupération de données sans permission écrite expresse de l'auteur.

Publié par Grace Goodwin as KSA Publishing Consultants, Inc.
Goodwin, Grace

La Première Starfighter

Dessin de couverture 2021 par KSA Publishing Consultants, Inc. Images/Photo Credit: deposit photos: sdecoret; Ensuper; innovari; kiuikson;

Note de l'éditeur :
Ce livre s'adresse à un *public adulte*. Les fessées et toutes autres activités sexuelles citées dans cet ouvrage relèvent de la fiction et sont destinées à un public adulte. Elles ne sont ni cautionnées ni encouragées par l'auteur ou l'éditeur.

LE TEST DES MARIÉES
PROGRAMME DES ÉPOUSES INTERSTELLAIRES

VOTRE compagnon n'est pas loin. Faites le test aujourd'hui et découvrez votre partenaire idéal. Êtes-vous prête pour un (ou deux) compagnons extraterrestres sexy ?

PARTICIPEZ DÈS MAINTENANT !
programmedesepousesinterstellaires.com

BULLETIN FRANÇAISE

REJOIGNEZ MA LISTE DE CONTACTS POUR ÊTRE DANS LES PREMIERS A CONNAÎTRE LES NOUVELLES SORTIES, OBTENIR DES TARIFS PREFERENTIELS ET DES EXTRAITS

http://gracegoodwin.com/bulletin-francais/

1

*J*amie Miller, Baltimore, Maryland, États-Unis

Je m'installai dans mon fauteuil gamer et chaussai mon casque, prête à commencer. La journée de travail s'était écoulée hyper lentement aujourd'hui, je n'avais que le jeu en tête. Dommage, j'avais plus envie de passer mon temps devant l'écran qu'être au soleil, mais mes amies étaient *là*, dans la chat room[1], nous communiquions grâce à nos casques et jouions ensemble en temps réel. Mes meilleures amies étaient dans d'autres pays mais étions proches les unes des autres. Comme si nous étions dans la même pièce. Nous formions une équipe.

Une vraie équipe. Équipe avec laquelle j'avais effectué ma dernière mission. Deux mois à essayer de passer ce niveau de la sempiternelle mission. *Deux mois !* Nous jouions à *Starfighter Training Academy*, le nouveau jeu multi-joueurs le plus sexy du marché, tous les vendredis et samedis soir. J'avais fait des folies et boosté mon réseau Internet pour qu'il soit rapide comme l'éclair.

Ça en disait long sur ma vie sociale. J'étais introvertie, capable de me lier avec de parfaits inconnus plutôt qu'avec des collègues de travail. J'étais plus intéressée par les bouquins et les jeux vidéo que par rencontrer de nouvelles têtes. Je détestais les soirées. Les bars. Le shopping.

Je serais folle de joie si Lily ou Mia m'annonçaient débarquer pour de vrai. Nerveuse aussi. Je savais à quoi elles ressemblaient uniquement grâce à leurs captures d'écran de jeu vidéo... et leurs avatars.

— Prêtes à dégommer ces pourritures de la *Flotte des ténèbres* dans le système Vega, les filles ? demandai-je en me mettant à mon aise.

J'ajustais mon casque, pris ma manette avec empressement. Jouer... *enfin*. J'essuyai mes mains moites sur le pantalon de pyjama que j'enfilais dès mon retour à la maison.

— C'est parti. Tu touches au but, Jamie. Tu vas gagner et sortir diplômée de l'école, avoua Lily.

Je ne la sentais pas franchement enthousiaste. J'étais la seule à avoir atteint ce niveau, cumulé suffisamment d'XP, des points, *et* réussi toutes les missions... sauf une. La *dernière* pour atteindre le grade de Starfighter. Lily et Mia n'étaient pas loin derrière dans les statistiques. Encore un week-end ou deux et elles effectueraient leurs dernières missions d'entraînement, l'objectif étant de terminer chaque mission assignée à l'un des dix profils de pilotes de chasse différents. J'étais pilote de Starfighter. Mia dirigeait les opérations techniques, coordonnait les forces terrestres et spatiales lors des missions de grande envergure pour toute l'équipe. Quant à Lily ? Son avatar de robot géant avançait et écrasait tout sur son passage avec ses poings indestructibles. Le côté berserker[2] de Lily nous faisait bien rire Mia et moi.

Moi ? J'aimais aller vite. Vraiment super vite. Et voler. Faire exploser des trucs.

Quand je jouais, j'étais l'exact opposé de la fille de tous les jours au travail. Chauffeur-livreur, je passais la plupart de mon temps seule. Un boulot ennuyeux mais qui payait bien avec les pourboires, et pas besoin de beaucoup parler.

La plupart du temps, je sonnais chez les gens et grimpais à nouveau dans mon camion pour me rendre chez le prochain client. J'avais toujours eu l'impression de jouer à Ding Dong Ditch[3] version adulte.

Mais pas ce soir. Ce soir, j'allais rétamer la flotte des Ténèbres et faire tomber des têtes.

— La Reine Raya ira se faire voir, assurai-je, je subodore que le dernier groupe de pilotes de chasse Scythe protège son vaisseau amiral.

— J'ai vachement envie que tu lui bottes le cul, Jamie, mais pas du tout envie que le jeu se termine, affirma Lily.

— Quoi ? hurla Mia dans mon casque, me tirant un gémissement.

Je baissais le volume.

— Pourquoi ? Ça fait des mois qu'on essaie de battre ce jeu de dingue. Cette mission à elle seule a pris *des semaines*.

Elle affirmait ça comme si c'était une vraie torture, et pas un jeu amusant pour notre trio.

— Comment ça, tu ne veux pas que ça se termine ?

L'accent allemand de Mia n'avait rien à voir avec celui de Lily, tout droit sorti d'un pensionnat britannique huppé, mais je m'étais habituée aux deux. On s'était rencontrées grâce au jeu, on avait commencé à jouer ensemble et formé une équipe. Nous étions meilleures amies depuis, même si nous nous contactions uniquement avec nos casques sur les oreilles et nos manettes en mains.

— On ne peut pas laisser Jamie gagner, poursuivit Lily.

Mia poussa un énorme soupir tandis que je buvais mon soda. Je fronçai les sourcils, mais elles ne pouvaient pas me voir.

— Pourquoi pas ? demanda Mia, si Jamie termine le jeu, on sera juste derrière elle. Il me reste une mission après celle-là. Et toi ? Une ou deux ? On en commencera une nouvelle une fois terminée.

Elle s'arrêta mais je savais qu'elle n'avait pas fini.

— La prochaine fois, je serai peut-être pilote de chasse ou espion. Un éclaireur très dangereux ou une équipe de secouristes.

— Tu ferais une crise cardiaque, plaisanta Lily.

Mia aimait commander, et pas qu'un peu. Voler comme une tête brûlée en territoire hostile à bord d'un vaisseau de reconnaissance ou foncer à toute vitesse sur un destroyer ennemi ne ferait pas son bonheur, et nous le savions toutes.

— Merde. T'as raison. Carrément.

Nous éclatâmes toutes de rire, je souriais encore en lançant les statistiques de mon joueur sur ma télé grand écran. La barre en bas indiquant la fin de ma mission, comme la température sur un thermomètre, était presque pleine. Le nombre d'XP à ras bord. Une ultime mission, littéralement, avant la remise des diplômes de l'école. J'y étais *presque*. Leur formation— et leur expérience niveau jeu— était personnalisée selon les profils des autres combattants tandis que je jouais avec Mia et Lily, mais nous devions toutes œuvrer de concert pour réussir. Elles recruteraient un nouveau pilote dans l'un des chats du jeu pour les aider à remporter leurs dernières batailles une fois mon diplôme obtenu. La victoire acquise, je ne pourrais plus jouer mon personnage. C'était triste, mais pas suffisamment pour m'empêcher de vouloir battre l'ordinateur.

Jeu après jeu, mission de vol après mission de vol, j'avais acquis suffisamment d'expérience pour devenir la meilleure pilote de Starfighter. Et cerise sur le gâteau, j'avais un copilote. Le Goose[4] de Maverick, si j'ose dire, histoire de rester dans la note Top Gun. Un *superbe* coéquipier.

J'admirais l'image de la silhouette de mon partenaire de combat, son avatar remplissait l'écran sombre de ma télévision. Je souris, j'adorais l'extraterrestre hyper sexy que j'avais créé sur mesure pour être mon coéquipier lorsque j'avais commencé à jouer. Chaque joueur en avait un, un coéquipier sexy, personnalisé et conçu à l'aide des caractéristiques proposées dans le menu du jeu pour pouvoir correspondre aux préférences de chaque joueur. Je l'avais choisi grand, brun et séduisant. Le top. Il y avait des hommes et des femmes. Petits. Grands. Toutes les tailles, formes, couleurs de peau et expressions étaient représentés. En gros, j'avais créé l'homme de mes rêves dans un jeu vidéo. Je comprenais l'hésitation de Lily.

Si on recommençait le jeu, je devrais tirer un trait dessus.

Lily lisait quasiment dans mes pensées.

— Écoute, si Jamie gagne, elle devra renoncer à Alex quand on recommencera. Idem pour nous deux quand on sera diplômées.

— *Bist du bescheuert* ? s'écria Mia dans son casque.

Lily et moi avions passé suffisamment de temps en ligne avec Mia pour savoir exactement ce qu'elle racontait. *T'es folle* ? Ou *stupide*. Quelque chose dans le genre.

— Mon Kassius est sexy mais pas réel. Pas. Réel.

Je regardais Alexius, surnommé Alex, mon mec sexy sur mesure, et fronçai les sourcils. Oui, il n'était pas réel... mais j'aurais bien voulu qu'il le soit. Qu'il me regarde et me parle comme dans le jeu. Il ne disait qu'un nombre limité de réponses ou d'ordres programmés puisque nous étions... dans... un... jeu... Je rêvais que cette voix grave me parle de façon cochonne dans la vraie vie. Certains extraits laissaient supposer l'existence d'une histoire d'amour entre Alex et mon personnage. En général, j'avais droit à une scène romantique ponctuée d'un petit baiser. Parfois, son personnage demandait au mien de l'accompagner pour un moment d'intimité à l'issue d'une mission. Mais les créateurs du jeu occultaient toujours à l'écran ce qui se passait ensuite. Qu'ils aillent au diable.

Regarder des scènes d'amour en jeu vidéo ne m'aurait pas comblée outre mesure. Quoi qu'il en soit, ça restait virtuel. Mais quel fantasme de ouf. Je voulais toucher du doigt ses muscles bandés, sentir sa force. *Le* respirer. L'embrasser. Le toucher. Le laisser me déshabiller et... Ouais.

Je soupirai et bus une autre gorgée de soda. J'étais folle, excitée par un héros virtuel mais bien à *moi*. Lily et Mia avaient créé leurs coéquipiers personnalisés. En tant que joueurs, nous avions littéralement tout choisi, tout sauf leurs noms, ce qui me paraissait étrange mais également un soulagement. Me connaissant, j'aurais choisi pour Alex un prénom plus banal... John par exemple.

Alexius de Vélérion était tout sauf commun. Je n'imaginais même pas un mec aussi beau que lui s'intéresser à moi en dehors du jeu, moi qui adorais les cheesecakes, une vraie gourmande. Qui passait le plus clair de ses journées à bosser en solo. Je préférais la lecture à la fiesta. Je jouais à des jeux vidéo. Je renversai du soda sur mon pantalon et frottai le tissu doux. Ouais, Alex banderait à coup sûr pour une femme en pyjama arborant des pingouins de dessin animé.

— Je sais, dit Lily, je compris à sa voix qu'elle boudait, mais Jamie termine ce soir et on aura bientôt fini nous aussi.

— Tu te souviens de la partie où Jamie a détruit tout un escadron de combattants Scythe de la flotte des Ténèbres pour gagner cette tonne d'XP ?

Je souris. Bon sang, une partie mémorable. La flotte des Ténèbres avait tendu une embuscade. J'étais à la tête de mon propre escadron de Volantes II, ils nous avaient piégés en nous faisant courir après eux dans un ravin, tué tous les membres de mon escadron sauf moi.

Je les avais tous détruits, descendu les combattants Scythe restants jusqu'au dernier mais je me sentais toujours coupable. J'avais attiré mon escadron dans un piège. J'étais aux commandes. Tous morts à cause d'une erreur de jugement.

Je m'étais morfondue une bonne semaine jusqu'à ce que Mia me rappelle qu'il s'agissait d'un jeu. Un. Simple. Jeu.

Bon sang, parfois, on n'avait pas l'impression de jouer. J'étais tellement à fond dans le jeu quand je combattais que ça paraissait réel. Franchement trop réel.

J'avais doublé mon score rien qu'avec cette mission, ce qui me poussait à, ce soir, je l'espérais, battre le jeu ou obtenir mon diplôme avant Mia et Lily. Concernant cette mission spécifique, cette bataille désastreuse avait été une victoire totale dans l'ensemble. Mais je m'endormais en y pensant presque tous les soirs. Je me demandais ce que j'avais fait de mal. Comment l'éviter la prochaine fois. Parce que je jouerai à nouveau à ce jeu. Contrairement à Mia, je n'essayais même pas de me convaincre de choisir de jouer un autre rôle. J'aimais être pilote de chasse. J'aimais mon petit vaisseau rapide, le *Valor*, un Volantes II, le Starfighter à courte portée le plus mortel de toute la flotte des Starfighter. Je voulais à nouveau piloter. Et recommencer. Et probablement recommencer encore.

— Toutes nos statistiques seront effacées quand on recommencera. Pire encore, on devra probablement créer de nouveaux coéquipiers. *J'aime bien* Darius. Je veux le garder.

Lily, béni soit-elle, avait vraiment le béguin pour Darius.

Je préférais me taire.

Alex épaulait sa méga-arme semblable à un fusil sur l'écran en boucle, j'en bavais presque.

— Je comprends tout à fait, avouai-je.

Elle n'avait pas tort. J'avais volé avec Alex, grand, splendide, des yeux étincelants couleur émeraude. Un regard pétillant et intense, une mâchoire si carrée probablement taillée dans du granit. J'admirais bien évidemment ses fesses fermes et ses épaules larges sanglées dans son uniforme noir de Starfighter. Des cheveux couleur d'obsidienne, une peau mate magnifique et toujours cette barbe naissante. Un vrai guerrier de la mythologie sous stéroïdes, son image debout à côté de mon avatar numérique, cuisses dodues, seins opulents, silhouette bien en chair, merci le cheesecake, on aurait dit un dieu géant sur mon écran. Ma tenue noire assortie m'amincissait heureusement un peu.

S'il *avait été* réel, j'aurais eu envie de voir ce qui se cachait sous cet uniforme, et pas qu'un peu. Mes tétons pointaient à l'idée de le dévêtir, qu'il me dise des trucs cochons.

— Nous devons en finir. Je vais franchement péter un câble si Jamie ne gagne pas ce soir.

La déclaration de Mia venait droit du cœur. Elle détestait perdre et était extrêmement frustrée quand ça se passait mal. Brillante analyste pour une boîte d'informatique en Europe, et encore, brillante était un euphémisme pour décrire son intelligence. Je me demandais si elle avait une mémoire photographique. Elle déchirait grave dans le jeu et assurément aussi dans la vraie vie.

Le jeu était incroyable, jouer avec mes amies... c'était marrant. Nos rôles de Starfighters étaient importants pour sauver Vélérion et vaincre la Reine Raya, diabolique et sournoise. Nous étions tous des éléments-clé pour achever cette salope. Ouais, ça paraissait incroyable, mais bon sang, le jeu était incroyable. J'étais investie émotionnellement. A fond. En vérité, je *détestais* la méchante reine imaginaire. Comment osait-elle s'en prendre à mes copines ?

Surtout mon Vélérion. Elle voulait tuer Alex et tous ses potes. Alors naturellement, j'avais envie de l'écraser comme on écraserait un ver sous une grosse botte de chantier.

Ce soir ? Ce soir, je gagnerai avec l'aide de Mia et Lily.

Enfin, avec elles et nos trois acolytes extraterrestres sexy et entièrement fictifs.

— Nous savons une chose, dis-je en ajustant mon casque une fois de plus, impatiente de commencer.

— Quoi ? demanda Lily.
Je regardais Alex.

- L'industrie du jeu vidéo a enfin compris comment s'adresser aux femmes.

Mia et Lily éclatèrent de rire. Je regardai impatiemment mon écran pendant que nos six avatars, le trio féminin et nos trois extraterrestres super sexy, apparaissaient au bas de mon écran. Cette partie prenait toujours *un temps fou,* mais ça ne me dérangeait pas, c'était probablement la dernière fois que nous jouions ensemble avec ces personnages. Forcément la dernière, puisque j'allais battre l'ordinateur.

Le concepteur du jeu affectionnait tout particulièrement les mots commençant par *V* et le latin. Je le savais pour avoir écumé toutes les pages Wikipédia, de fans et chat que j'avais pu trouver. Le Système Vega ? Véridique. Le reste ?

Je m'en fichais. La planète entière ne vivait que pour *Starfighter Training Academy*, personne ne faisait exception au sein du trio.

— Très bien. Super.

Lily céda, comme nous le subodorions depuis le début. On ne pouvait pas rejouer la même séquence de bataille indéfiniment. J'achèverais ma formation. Elles continueraient, le temps de faire une partie ou deux, et on recommencerait.

— J'ai regardé le classement de tous les joueurs, ces gars sont des rapides apparemment, bien qu'à ma connaissance, aucun n'ait terminé le jeu. C'est trop injuste.

Lily pleurnichait maintenant.

— Je ne veux pas abandonner Darius. Je crois que je l'aime. Je crois que lorsqu'on aura toutes les trois gagné et recommencé à zéro, je créerai un dieu doré géant avec des muscles saillants et des yeux marron foncé beau à tomber.

— Darius n'appréciera pas du tout.

Mia taquinait Lily, désormais toutes d'accord sur le fait qu'il était temps de gagner ce jeu et vaincre la flotte des Ténèbres une bonne fois pour toutes.

— Encore un personnage de fiction, rappelai-je, non seulement à Lily mais aussi à moi-même.

J'étais triste de quitter Alex. J'avais lu énormément de romans d'amour et n'avais jamais hésité à passer d'un héros sexy à l'autre, mais dans ce jeu, je bloquais sur mon mec. Je ne voulais pas non plus d'un autre coéquipier. Il allait vachement me manquer. Sa peau superbe. Son cul musclé dans son pantalon moulant. Sa voix grave qui me criait d'arrêter de foncer sur un combattant ennemi alors que nous traversions la galaxie à la vitesse de la lumière. Apparemment, même les hommes extraterrestres virtuels étaient autoritaires. Je n'avais dit ni à l'une ni à l'autre qu'Alex me faisait mouiller ou que je fantasmais sur lui quand je sortais mon vibromasseur de mon tiroir et me masturbais comme une possédée.

— Je sais. Je ferais mieux de trouver un vrai mec et passer du bon temps. Mon vagin est à coup sûr tapissé de toiles d'araignée, se plaignit Lily.

— Toi et moi, ça fait deux.

J'admirai le regard vert intense d'Alex un moment de plus et appuyai sur le bouton *start*. Aucun doute qu'il viendrait facilement à bout de ces toiles d'araignée.

— Je suis connectée. C'est parti, dis-je.

— Prête.

Le personnage de Mia et son beau gosse extraterrestre apparurent sur mon écran en même temps que des lumières vertes. Les héros de Lily et Mia ne ressemblaient absolument pas aux miens, prouvant à quel point nos goûts en matière d'hommes étaient différents. Ce qui faisait la beauté de *Starfighter Training Academy*. Presque comme si c'était vrai.

Je ris en songeant à ce qui me passait par la tête, tandis que Lily poursuivait sur sa lancée,

— Si je dois abandonner Darius, alors la flotte des Ténèbres périra.

— Amen, ma sœur.

Je regardai mon avatar et Alex se diriger vers le *Valor* à l'écran. Ils montèrent à bord du vaisseau de chasse Volantes II alors que le début de la mission retentissait dans nos écouteurs. Je l'avais entendu des centaines de fois. C'était pareil avant chaque mission, nous avions déjà gagné près de cent batailles à l'entraînement, mais pas cette dernière. Pas encore.

— *Bienvenue à la Starfighter Training Academy. Vous vous êtes porté volontaire pour participer à notre session de formation. Si vous réussissez, vous deviendrez le meilleur des meilleurs, l'élite des Starfighters de Vélérion. Menez votre formation à bien et gagnez votre place dans l'histoire. Vous, Starfighter, serez appelé à défendre l'Alliance Galactique sous le commandement du Général Aryk de Vélérion. Nous avons besoin de vous maintenant. La guerre fait rage dans le Système Vega. Préparez-vous au combat. Votre mission consiste à vaincre la Reine Raya et détruire ses alliés de la flotte des Ténèbres avant qu'ils n'atteignent la capitale. Si vous échouez, Vélérion tombera... et la Terre suivra.*

— Bla bla bla, marmonnai-je en attendant que le jeu débute. Fais ta grosse voix effrayante qui menace l'humanité d'une destruction totale par des envahisseurs extraterrestres.

Mia gloussa.

— Les méchants sont peut-être ces grands extraterrestres gris et maigres avec de grands yeux.

— Oh, je les déteste. Ils sont hyper effrayants.

Lily semblait avoir passé un peu trop de temps sur Internet à chercher des théories de complot extraterrestres.

— Allez, Lily, on sait très bien que tu rêves d'être kidnappée et bénéficier d'une de ces sondes sexuelles, dit Mia, impassible.

Lily mit un moment pour comprendre, s'étouffa avec ce qu'elle buvait tandis que je rigolais. Mia était sans filtre. Zéro.

— Le seul extraterrestre que je veux voir me sonder est Darius. Puisqu'il n'est pas là pour le moment, je me vengerai sur ces effrayantes créatures grises, mais je me demande à quoi ressemblent les méchants. Ils ne les montrent jamais dans le jeu.

— Ils ont probablement des tentacules, dit Mia.

— C'est parti. Allons-y.

Mon vaisseau décolla et se mit en orbite. Mon écran de jeu se modifia pour révéler le pupitre de commande si familier du vaisseau de chasse. Je posai mon soda afin de me concentrer tandis qu'un essaim de vaisseaux de la flotte des Ténèbres fonçait vers moi. Vers nous. Alex et moi.

— Combattants ennemis en approche.

Cette voix de gorge sexy était celle d'Alex, installé dans le siège du copilote à mes côtés. Sa voix grave me donnait le frisson.

— Mia ? demandai-je.

— Je m'en charge.

Les commandes de Mia apparurent sur l'écran de contrôle comme si nous étions réellement dans l'espace. J'étais à bord du Starfighter et Mia dans une sorte de centre de contrôle sur Vélérion. Lily quant à elle, restait au sol sur une planète contrôlée par l'ennemi.

— Lily, magne-toi le cul. Tu dois te rendre un secteur plus loin que la dernière fois pour qu'on gagne. Je pense que ce sera suffisant pour arriver à proximité de leur tour de contrôle. Tu dois en faire de la charpie afin que leurs vaisseaux soient désorientés, Jamie se chargera du reste dans l'espace.

— Je vais aussi vite que possible, dit-elle d'une voix cinglante et incisive.

Je regardais le point représentant Lily se déplacer de secteur en secteur à l'écran.

Elle n'était pas sur Vélérion, autrement dit, la flotte des Ténèbres n'avait pas atteint la planète pacifique, celle qui ressemblait à la Terre. Du bleu, du vert, des déserts marron-ocre et des nuages blancs. Mais vingt fois plus grande que la Terre. C'est du moins ce que les concepteurs du jeu indiquaient dans les caractéristiques publiées par leurs soins.

Xandrax, la planète ennemie gouvernée par la Reine Raya, était encore plus grande, soi-disant quatre-vingt fois plus grande que la Terre et juste un peu plus éloignée de leur soleil. Une étoile. Véga. Elle s'appelait Véga.

— Action d'évitement.

Alex se retourna, ses yeux verts luisaient d'un éclat intense.

— Tu n'es pas concentrée.

Oh, aucun détail n'échappait à ces développeurs de jeux qui me savaient distraite. Les casques avec lesquels nous jouions devaient également suivre mes mouvements oculaires. Alex disposait d'environ une centaine de dialogues différents à prononcer pendant le combat. Celui-ci était le plus ennuyeux.

— Je sais. Ferme-la, aboyai-je.

— Ce n'est pas une façon de parler à ce mec sexy, grommela Mia.

— Tais-toi, Mia.

J'étais désormais concentrée.

— J'y suis ! Secteur douze franchi.

Le cri de victoire de Lily me fit bondir sur ma chaise tandis que Mia poussait des cris victorieux.

— Oui. Tu leur as fichu la pâté, dis-je en partageant son enthousiasme.

— Ça va être super amusant.

Lily avait du mal à contenir sa joie pendant que son robot de combat géant faisait des misères au centre de commandement opérationnel de la flotte des Ténèbres. Aucun doute que son nombre d'XP grimperait en flèche après son coup d'éclat.

— Je vais mettre leurs communications HS. Ils vont être comme des fous, après ça. Prête à les achever Jamie, ordonna-t-elle, eeeeet... feu !

— J'essaie.

Mes mains tremblaient, l'adrénaline coulait dans mes veines, j'étais à deux doigts de m'évanouir. Mes doigts volaient littéralement sur la manette de jeu. Le moment ou jamais. Grâce à elles, j'allais battre le jeu pour de bon. Gagner.

— On nous tire dessus, dit Alex, suivi d'un bip d'avertissement.

Le fameux Bip synonyme de Destruction.

— Je sais, rétorquai-je en me penchant en avant, plus du tout distraite.

— Défaillance critique du système.

— Je sais, répétai-je, en m'adressant à mon copilote.

Notre vaisseau avait à chaque fois le même problème. Ces vaisseaux devraient être plus résistants s'ils devaient se faire tirer dessus dans l'espace.

— Cinquante pour cent de vie restante.

— Ahhh ! Ta gueule.

Je savais que le copilote du jeu ne pouvait pas m'entendre pour de vrai mais je sélectionnai la réponse appropriée sur le menu affiché à l'écran pour l'envoyer promener et continuer à me battre.

— Plus que trois.

— Tu vas manquer d'oxygène, la nervosité de Mia était palpable.

Ça et ce maudit bip commençaient à me taper sérieusement sur les nerfs.

— Soit je vais manquer d'oxygène, soit je fais exploser trois méchants restants et on réussit cette mission.

— Fonce !

Lily était à fond.

Tout s'estompa alors que je me penchai dans mon fauteuil de gamer, me rapprochai de l'écran. Tout mon corps était en mouvement. Mes doigts volaient littéralement sur le pupitre de commande. Je connaissais le jeu. Je connaissais mon vaisseau, je savais d'où viendrait l'ennemi avant même qu'il se pointe. J'avais joué des heures durant. Des centaines d'heures pour arriver à ce moment-là.

Je tirai. Encore.

Deux d'atomisés, plus qu'un.

— Retour à la base. Niveau d'oxygène critique, dit Alex.

— Non.

Je rabattis le caquet de mon coéquipier. Je n'aurais pas fait ça en temps normal, sa voix sexy comptait pour la moitié du plaisir dans ce jeu. Mais cette fois, je voulais gagner, pas jouer la carte de la sécurité. Ses avertissements semblaient plutôt destinés à me garder en vie, et non vaincre la Reine Raya. J'allais faire exploser le vaisseau du dernier méchant, même si mon avatar en mourrait.

— Putain de merde ! cria Lily.

— Concentre-toi. Tu l'as, Jamie. Tu l'as.

La voix calme de Mia m'ancrait dans la réalité. Ce n'était qu'un jeu, mais cette victoire comptait pour nous trois.

— Presque.

J'orientai mon vaisseau de chasse pour suivre le dernier combattant ennemi et me penchai sur la droite.

— Presque.

Je suivais le combattant Scythe de la flotte des Ténèbres vers la surface de la planète, en me penchant sur la gauche. Il filait droit vers un profond ravin dans lequel j'avais déjà volé de nombreuses fois. Pour échouer. Ce même ravin, théâtre d'une embuscade qui avait décimé tout un escadron.

— Oh non, oh que non !

Je le canardais sans pitié en me déplaçant hyper rapidement, sachant qu'il existait une probabilité que mon vaisseau n'y survive pas, j'essayai de reprendre de l'altitude suite à mon attaque en piqué.

Le vaisseau ennemi explosa devant moi. Des flammes rouges envahirent mon écran.

Mia cria.

Lily hurla.

J'essayai de respirer en tirant sur la manette, en volant à travers les débris à l'écran. J'étais essoufflée et j'avais à peine bougé.

— Putain de merde. J'ai réussi.

— T'as réussi ! T'as explosé ta quantité d'XP ! T'as fini ta formation.

La voix de Mia tremblait. Je réalisai à quel point elle s'était retenue.

— T'as battu le jeu ! Oh la salope, t'as réussi !

Je m'écroulai sur mon fauteuil et fixai l'écran.

— Jamie vient de dire *putain de merde* ou j'hallucine ? demanda Lily, sachant parfaitement que je ne disais jamais de gros mots. Sauf maintenant. Lily ponctuait toutes ses phrases de jurons.

— Tais-toi, jeune fille mal embouchée.

Lily et Mia riaient toutes les deux tandis que la musique du jeu s'arrêtait. L'écran se modifia, nous le contemplâmes dans un silence de plomb pour voir ce qui allait se passer.

Le visage d'Alex se matérialisa à l'écran. Cette fois, la commissure de ses lèvres esquissa un sourire.

— Félicitations, Starfighter. Tu as battu la Reine Raya et la flotte des Ténèbres. Ta victoire a permis de faire repasser le Système Vega sous l'autorité de Vélérion.

L'image s'agrandit pour laisser la place au torse d'Alex, il leva la main, prit l'écusson sur la chemise de son uniforme et me le tendit.

— Conformément aux protocoles d'entraînement, notre duo de Starfighters est victorieux. Nous sommes officiellement mariés.

— Quoi ? cria Mia

Je l'entendais à peine, Lily était littéralement en folie.

Les mots *Cérémonie de Mariage des Starfighters* apparurent à ses côtés à l'écran.

Euh, pardon ?

— Nous voici désormais mariés, conformément au règlement en vigueur relatif à la session de formation des Starfighters de Vélérion. Nous avons passé de nombreuses heures à nous entraîner conjointement. A combattre ensemble. Acceptes-tu mon emblème et notre union ? Resteras-tu avec moi, ma Starfighter ? Resteras-tu à mes côtés pour combattre avec moi jusqu'à ce que la mort nous sépare ?

— Dis oui ! Dis oui ! criait Lily.

Je ne savais pas quoi répondre et restais bouche bée. Alex me remit son emblème. D'après ce que j'avais appris sur les Vélérions dans le jeu, ils ne faisaient jamais les choses à moitié. Si Alex le disait, c'est qu'il le pensait. Dans le jeu, en tout cas.

— Ce n'est qu'un jeu, murmurai-je, me sentant tout à coup triste. Ça faisait simplement partie du jeu. Le jeu. Il n'était pas réel. Je n'étais pas réelle. Rien de tout cela n'était réel. Je devais aller me coucher, me lever, aller au travail et charger mon camion. Comme tous les autres jours. Alex, son regard sexy et ses muscles torrides resteraient à jamais sur écran plat.

Je voulais Alex en vrai. Je voulais l'entendre me dire ces mêmes paroles en personne. Qu'il les pense vraiment. Je voulais qu'il ait envie de moi. Qu'il m'aime. Je voulais être la version géniale de celle que je voyais à l'écran. Pas cette... version esseulée, un vendredi soir, buvant du soda dans un pyjama taché.

— Rien qu'un jeu stupide, répétai-je alors que l'homme de mes rêves virtuels me fixait et attendait.

— Alors ? rétorqua Mia. Accepte. Je veux dire, tu l'as créé. C'est ton idéal, même si ce n'est qu'un jeu. Si tu acceptes, il sera toujours ton copilote quand on recommencera la semaine prochaine.

J'avais vraiment envie de continuer à jouer avec lui. L'idée de devoir créer un nouvel équipage me rendait triste. Même si j'étais certaine de choisir à nouveau les mêmes caractéristiques puisqu'Alex était mon idéal masculin. Et d'après les chats de tous les joueurs en ligne, ça n'aurait aucune incidence.

J'appuyai sur le bouton X de ma manette pour accepter.

Un grand blason apparut à côté d'Alex. L'écusson en forme d'hologramme tournait pendant que je regardais, rétrécit et se déplaça pour décorer la poitrine du tout nouvel uniforme de Starfighter de mon avatar. Les deux avatars se tournèrent pour faire face à l'écran tandis que la voix d'un narrateur à consonance officielle emplissait mon casque.

— Ici le Général Aryk de Vélérion. Félicitations, Starfighters. Votre mariage est officiellement enregistré dans la Salle des Archives de la Citadelle. J'ai l'honneur de vous conférer le rang et les privilèges dus aux Starfighters de Vélérion.

Alex me prit dans ses bras à l'écran et m'embrassa comme si ça vie en dépendait. Je n'avais jamais autant voulu que quelque chose soit aussi réel de toute ma vie. Mia et Lily, avec qui j'avais partagé l'écran, exultaient, applaudissaient et savouraient l'instant avec moi.

Je m'arrêtai pour écouter le léger bourdonnement parvenant de l'écran. Mia et Lily se turent tandis que nous attendions.

L'écran clignota. Un instant plus tard, le Général Aryk

apparut au beau milieu, gros plan sur son visage. Il souriait, je devais avouer qu'Alex mis à part, Aryk était également très sexy.

— Bienvenue sur Vélérion, Starfighter.

Hein ?

L'écran émit un bruit sec et devint noir.

Je fronçai les sourcils.

— Que s'est-il passé ? Sacré baiser, couina Lily.

— J'en sais rien.

Je me levai de mon fauteuil, éteignis et rallumai le jeu, vérifiai le cordon d'alimentation de l'écran.

— Bizarre. Comme si tout avait court-circuité.

— C'est pas grave, dit Mia, il faut que je dorme un minimum. Lily, je te retrouve demain dans le chat pour commencer un nouveau jeu, c'est mon tour de finir ma formation. Ok ?

— J'ai hâte ! rétorqua Lily, mais nous savions toutes deux que Mia s'était déjà déconnectée.

Je soupirai, à la fois soulagée et nostalgique.

- Eh bien, on a réussi.

— On a réussi.

Le sourire s'entendait dans la voix de Lily.

— Comme suggéré par Mia, nouvelle partie le week-end prochain ? On devrait toutes officiellement être des Starfighters Vélérion d'ici là.

— Ça me va. J'ai hâte de voir si Alex est encore mon coéquipier.

— Quelle chance ! Tu auras peut-être des moments sexy à l'écran puisque tu as épousé un extraterrestre.

— Je n'ai pas épousé un extraterrestre.

— Mariée ? Officiellement dans la Salle des Archives

? Pour moi, t'es mariée.

— T'es folle. Tu le sais, au moins ?

Elle éclata de rire. Nous nous souhaitâmes une bonne nuit. Je pris ma canette de soda vide, mes chips et la bouteille d'eau que je gardais à côté de mon fauteuil.

La poussée d'adrénaline de la dernière bataille s'estompait, je sentais ma longue journée de travail. Mes pieds et mes épaules me faisaient mal, mes mains tremblaient encore et je ne pouvais m'empêcher de songer à ce baiser à l'écran.

Si seulement.

Je me dépêchai de faire ma toilette avant de me coucher et m'endormis dès que ma tête toucha l'oreiller. J'avais le sommeil léger d'habitude, je n'avais pas la notion du temps passé, en plein dans le cirage, lorsqu'un bruit sourd me réveilla.

On avait frappé à ma porte ?

Je me retournai et regardai mon réveil en clignant des yeux. Putain, trois heures et demie du matin ?

Je devais rêver.

Le martèlement reprit, plus fort.

Personne ne frappait à ma porte aussi tard. Jamais. Bon sang, personne ne frappait à ma porte à moins que j'aie une livraison ou qu'un de mes voisins ait besoin de quelque chose. Je repoussai mes couvertures et glissai mes pieds dans les pantoufles froides.

— J'arrive !

Mon immeuble était en feu ? C'était la police ? Les voisins s'étaient encore engueulés ? Elle devait vraiment virer son bon à rien de copain.

Le martèlement se fit plus pressant, celui de l'autre côté de la porte n'avait visiblement aucun scrupule à réveiller tout l'immeuble.

— J'ai dit j'arrive !

J'ouvris la porte et m'arrêtai net. Un type gigantesque était planté dans le couloir, une espèce de casque de moto sur la tête. Un truc de dingue, il faisait froid et humide, pas du tout un temps à rouler à moto.

Il enleva le casque et je reculai. J'écarquillais les yeux en le reconnaissant. Des cheveux noirs, ces yeux verts étincelants familiers. Une peau mate impeccable. Des lèvres sensuelles. Une mâchoire carrée. Un uniforme familier avec un écusson sur sa poitrine, celui que je venais de voir sur mon écran de jeu.

— Jamie.

Je le dévisageai bouche bée, la gorge sèche. Putain de merde. Cette voix. Je *connaissais cette voix*.

Il était aussi grand que je l'imaginais. Non, plus grand. Plus costaud. Plus sexy. Ce regard me transperçait, traversait mon pyjama, jusqu'à un endroit qui me laissait sans voix. Mon cœur battait la chamade, je craignais de perdre la raison. D'avoir des hallucinations. Je devais forcément rêver.

— Jamie Miller, tu dois me suivre.

— Hein ... quoi ? dis-je enfin.

— Tu es la Première Starfighter. Et tu es ma femme. La Reine Raya a mobilisé la flotte des Ténèbres, nous devons sauver Vélérion ensemble.

---

1. NdT : chat room, chat = salon de discussion, lieu de rencontre virtuel.
2. NdT : guerrier entrant dans une fureur le rendant surpuissant et capable d'exploits invraisemblables.
3. NdT : blague enfantine consistant à sonner à la porte d'une maison et s'enfuir avant que l'occupant n'ouvre.
4. NdT : Goose, équipier de Maverick dans le film *Top Gun*.

2

Alexius de Vélérion, Appartement de Jamie Miller, Planète Terre

J'AVAIS SUIVI les progrès de Jamie Miller durant des semaines. Des mois. Depuis que j'avais été avisé par les responsables de l'école de formation qu'une recrue terrienne avait été choisie, dans le cadre de la nouvelle session de combat virtuel des Starfighters d'élite originaires d'autres planètes. Elle m'obsédait bien qu'elle soit de l'autre côté de la galaxie, chaque jour de combat à ses côtés me rapprochait d'elle.

Vue sa stupéfaction, je n'étais pas le seul à encaisser le choc d'avoir été choisi, de réaliser que notre lien était bien réel. Me trouver devant elle était beaucoup plus prenant qu'interagir avec à l'entraînement. Elle n'était qu'une possibilité, un fantasme virtuel. Maintenant, je pouvais la voir, la sentir. La toucher.

A première vue... elle était comme je l'avais imaginé. Voire, encore plus parfaite.

— Pardon ? Je suis quoi ?

Elle leva la main et frotta ses yeux, les cligna, me regarda à nouveau.

— Tu es encore là. Pourquoi ?

— Je n'irai nulle part. Je dois te parler, Jamie.

Elle me dévisageait, désorientée et perdue. Je réprimai un sourire. Elle était encore plus belle en vrai. Sa voix me faisait encore plus bander. Elle semblait... déconcertée. Un sentiment réciproque.

Les nouveaux exercices de simulation avaient été distribués sur Terre et plusieurs autres planètes voilà des mois, sans succès. Jusqu'à aujourd'hui. Les rares Starfighters survivants de Vélérion qui s'étaient battus pour défendre ma planète commençaient à montrer des signes de fatigue. Ils mouraient, éliminés un par un d'épuisement ou conséquence des attaques incessantes des combattants Scythe de la Reine Raya. En vérité, nous étions en train de perdre la guerre. L'attaque surprise de la Reine Raya sur la base lunaire des Starfighters d'élite avait anéanti quatre-vingt-cinq pour cent de nos troupes. Le temps et les petites escarmouches sans pitié avaient presque décimé le peu qui nous restait.

Vélérion était en difficulté. Nous avions besoin de nouveaux Starfighters d'élite. Sans eux, toute notre civilisation, notre planète, tomberait aux mains des envahisseurs de la méchante reine et ses alliés, la flotte des Ténèbres.

Si nous perdions cette guerre, nous finirions dans des camps, massacrés ou réduits en esclavage. Notre planète serait vidée de ses ressources. Nos enfants enlevés. Notre histoire et notre culture disparaîtraient après des siècles de prospérité pacifique. Mais la flotte des Ténèbres ne s'arrêterait pas à Vélérion. Il existait d'autres planètes à convoiter. De nombreuses planètes, avec un système défensif nettement moins développé. La Terre y compris.

Chaque planète choisie pour la Session de formation des Starfighters d'élite était en danger, même si elle l'ignorait. Nous avions besoin d'aide maintenant, la formation profiterait à chacune des planètes choisies ultérieurement.

Si Vélérion tombait. J'étais déterminé à tout faire pour empêcher que cela se produise.

— C'est impossible.

Elle leva ses deux mains, ôta ses cheveux de devant son visage et ramena de longues mèches derrière ses oreilles. Après tout le temps passé à la regarder lors des exercices de simulation, je voyais enfin cette femme pour de vrai. Elle semblait endormie et sexy. Je voulais me pencher, l'attraper, l'attirer vers moi, plaquer ma bouche sur ses lèvres. La posséder. Mais je n'osais pas. J'étais en terrain miné. La loi était claire. Même si elle avait suivi la formation, elle devait me suivre de son plein gré. J'étais un homme d'honneur. Peu importe à quel point mon peuple avait besoin de son aide, je ne la forcerais pas à venir avec moi sur Vélérion pour sauver la planète.

Elle était désormais Pilote d'élite. Elle avait choisi d'aider. Nous avions besoin de Jamie Miller. Nous avions besoin de milliers d'autres comme elle. Hommes. Femmes. Androgynes. Humains. Originaires de Centaure ou d'Andromède. Je me foutais de leur provenance tant qu'ils avaient les compétences requises pour protéger Vélérion.

Que Jamie m'ait choisi dans la session de formation était un vrai cadeau. J'avais bandé la première fois que j'avais appris la nouvelle au sujet de notre compatibilité, quand j'avais vu son avatar apparaître à l'écran. Ses courbes. Ses cheveux noirs. La voir devant moi en chair et en os était un choc. J'avais entendu sa voix dans les simulations d'entraînement. J'avais vu son sourire. Entendu son culot. J'avais envie de la toucher. A vrai dire, je pensais à elle, je me consumais de désir depuis le jour où ce fameux entraînement simulé avait fait de nous une équipe. J'espérais qu'elle ressentais la même chose, mais je n'en avais pas la certitude vu son comportement.

La réalité était un vrai choc pour mon organisme, désir et besoin physique mêlés, deux pulsions que je n'étais pas préparé à ressentir jusque dans les plus infimes cellules de mon corps alors qu'elle se tenait devant moi. Tout près, je sentais sa peau douce, je voyais ses cheveux briller. Je fermais les poings le long de mon corps et luttais pour garder mon calme. Elle était à moi désormais. Elle avait terminé sa formation et juré d'être mienne. Accepté en tant qu'époux. Nous formions un couple uni. Mon corps lui appartenait, son corps m'appartenait.

Elle me dévisageait pourtant comme si j'étais un étranger. Comme si nous n'avions pas passé des centaines d'heures ensemble lors d'exercices de simulation. Nous étions sur des planètes différentes, c'est vrai, mais je connaissais sa voix. Je connaissais sa façon de bouger. Je *la* reconnaissais.

Elle me reconnaissait sûrement aussi.

— Tu ne me proposes pas d'entrer ?

— Non. Peu importe, je te connais par cœur.

Elle tendit le bras pour toucher ma joue mais s'arrêta avant d'établir le contact. Je poussai presque un gémissement de déception.

— Merde, tu as l'air si réel.

J'attrapai sa main et pressai sa paume contre ma joue.

— Parce que je suis réel, Jamie. J'ai parcouru un très long chemin. Je dois te parler.

Mon obsession grandissante n'avait pas été de bon augure pour ma mission ces dernières semaines. Être infiltré derrière les lignes ennemies, une mission sacrément difficile pour un contrebandier basé sur l'astéroïde Syrax de la Reine Raya. Moi, tout ce que je voulais, c'était regarder les sessions de formation de Jamie. La journée, je vivais et travaillais au sein de la flotte des Ténèbres. Je mangeais avec eux, je négociais, je survivais sur la base avec des combattants de la flotte des Ténèbres de la pire espèce.

La nuit, dans mon appartement, je regardais les enregistrements de mes missions avec Jamie. La distraction conduisait à des erreurs et les erreurs coûtaient des vies, la mienne et celles de Nave et Trax, mes camarades Vélérions infiltrés avec moi.

Au début, j'étais sceptique par rapport au plan de la délégation Vélérion consistant à former un effectif complet d'escadrons de Starfighters d'élite. Mais plus j'observais Jamie en simulation, plus j'y croyais dur comme fer. J'avais anticipé sa réussite, chaque jour passé à faire ce foutu boulot sur Syrax.

Je me trouvais désormais à des années-lumière du Système Vega pour la récupérer. L'emmener sur la planète Vélérion et lui accorder la place lui revenant de droit dans la formation de Starfighter.

— S'il te plaît, Jamie, je peux entrer te parler ?
— Quelle courtoisie. Bien sûr, homme de mes rêves. Entre.
— Merci.

Ma compréhension de sa langue maternelle était loin d'être parfaite. Je devais pourtant la convaincre de me suivre avant de pouvoir lui injecter le code. Et quand bien même, il faudrait plusieurs heures aux nanoparticules pour établir les bonnes connexions avec son cerveau, ses nerfs optiques et auditifs, afin qu'elle puisse comprendre toutes les langues.

Vue sa façon de me regarder, je craignais qu'elle refuse ce que je venais de lui annoncer.

Les missions impossibles semblaient être mes seules et uniques missions depuis le début de la guerre.

Je serrai les dents, contrarié qu'un traître, un Vélérion de haut rang ayant trahi notre peuple, se balade en liberté quelque part sur Vélérion. Je continuais à fournir des informations à la Reine Raya et ses troupes sur l'Astéroïde Syrax. Jouer sur les deux tableaux me mettait mal à l'aise. Ma promesse de trouver et tuer le traître entrait en conflit avec mon désir de trouver la femme idéale. Voilà un peu plus d'un an, un enfoiré avait donné à la Reine Raya les informations dont elle avait besoin pour lancer une attaque surprise contre notre base de Starfighters d'élite ultra secrète et cachée. Histoire de paralyser les défenses de Vélérion.

Leur mission avait malheureusement été couronnée de succès. Mon frère avait trouvé la mort ce jour-là. Bon nombre d'amis également. Je m'étais juré de faire justice et punir le coupable. Après des mois à prétendre faire partie de la flotte des Ténèbres, à nous fondre complètement dans la masse, Nave, Trax et moi étions à deux doigts de découvrir l'identité du traître de Vélérion.

J'étais prêt à tuer et me venger, mais Jamie Miller avait terminé sa formation et accepté d'être ma femme. Vélérion avait toujours besoin de moi, mais différemment. J'étais rentré sur Vélérion et venu jusqu'ici, sur Terre, pour elle.

Jamie recula d'un pas et m'invita à entrer en tendant le bras mais mes pieds restaient cloués au sol.

Jamie baissa doucement sa main sur son flanc et me détailla. Je m'attendais à ce qu'elle crie, parle, pose des questions. Au lieu de cela, elle m'inspecta de la tête aux pieds et éclata de rire.

— Je te fais rire ?
— Oui. J'ai une imagination débordante.
— Je vois ça.

Je n'aurais jamais, mais alors jamais imaginé qu'elle ne me croirait pas. Pire, qu'elle se moquerait de moi. Je fronçai les sourcils, c'est pourtant ce qu'elle faisait. Je lui avais décrit la dure réalité, la vérité absolue, et elle rigolait. Elle ne comprenait pas à quel point c'était sérieux ? A quel point *elle* était importante ?

Elle avait écarquillé les yeux en ouvrant la porte, preuve manifeste qu'elle m'avait reconnu. Elle me connaissait. Elle avait détaillé mon visage, mon uniforme et mon armure intégrale. Sa bouche s'était grande ouverte sous l'effet de surprise. Même si nous ne nous étions jamais rencontrés, je n'étais pas un étranger. J'étais assis à ses côtés durant toutes ses missions d'entraînement, nous avions combattu ensemble la flotte des Ténèbres. Nous avions gagné. Perdu. Appris.

Nous formions une équipe de combattants. Une équipe. Une seule et même équipe.

Je redressai les épaules, bombai le torse.

— Je suis Alexius de Vélérion, ton partenaire. Tu as achevé la formation des Starfighters d'élite. Jamie Miller, tu dois me suivre. Vélérion a besoin de ton aide pour défendre mon peuple contre la Reine Raya et la flotte des Ténèbres.

Voilà. J'avais tout débité. Lentement.

Elle se frotta les yeux et me regarda à nouveau.

— Hum... pardon ? répéta-t-elle.

— Je suis Alexis de Vélérion... je recommençai ma tirade mais elle m'interrompit d'un revers de la main.

— Ouais, c'est ça. C'est Mia ou Lily qui t'ont demandé de faire ça pour fêter ma victoire ? Parce que waouh, elles ont franchement mis le paquet. Ton uniforme est pile comme dans le jeu. Et tu es strictement identique à mon partenaire.

Elle pencha la tête de biais, inspecta mon visage sous toutes les coutures. Je me déplaçai pour masquer la réaction de mon corps alors que son regard inquisiteur descendait plus bas, qu'elle détaillait chaque partie de mon corps, lentement cette fois.

— Bon sang elles t'ont trouvé où ? Tu es parfait.

Elle agita sa main devant mon visage comme si j'étais un mirage.

— Je veux dire, littéralement parfait. Tu es son portrait craché.

Elle fronça les sourcils et leva les yeux vers moi.

— Tu étais mannequin pour le jeu ? Tu sais, ce truc sur fond vert où ils attachent tous ces fils ?

— Je ne suis pas mannequin. Mia et Lily, tes partenaires de combat, ne savent rien de ma présence ici. Elles n'ont pas encore terminé leur formation. J'ai effectué un très long voyage pour te rencontrer et te ramener chez nous. Je ressemble comme deux gouttes d'eau à l'homme de tes simulations d'entraînement parce que je *suis* Alexius.

Ma voix était étonnamment calme, compte tenu du fait que ma compagne me prenait pour un ... mirage ?

Son sourire s'évanouit et elle cligna des yeux. Bien, elle commençait à comprendre que c'était réel.

— Tu ne peux pas ... Ce n'est pas... C'est qu'un jeu, chuchota-t-elle.

— Hé ! Moins fort. Y'en a qui aimeraient dormir !

Une voix rauque et grave retentit quelque part dans ce grand immeuble résidentiel.

— Désolée, M. Sanchez ! cria-t-elle avant de saisir la manche de mon uniforme et m'entraîner dans son appartement, fermer la porte derrière elle et marmonner. Crier pour demander *du calme*, hyper logique. Un truc de dingue.

Elle pivota sur ses talons pour me faire face, s'approcha du mur et appuya sur un petit interrupteur. Une lampe s'alluma, la lumière tamisée soulignait son corps à la perfection.

Elle était ravissante. Petite, plantureuse, son pantalon ample et sa chemise à manches courtes bleu pâle dissimulaient à grand peine ses courbes. Ses cheveux étaient ébouriffés.

Elle passa une main sur son visage.

— C'est bizarre ? En tout cas, pour moi oui. Et pour toi, c'est bizarre ? Je veux dire, c'est comme si je te connaissais, sans te connaître.

Ses paroles se bousculaient sur ses lèvres.

— J'ai combattu avec toi dans toutes les missions de Starfighter Training Academy . Nous nous connaissons parfaitement bien.

Je restais à l'écart de son appartement. Elle était mal à l'aise. J'espérais qu'il s'agissait plus de confusion et de surprise que de peur.

— Tu parles du jeu vidéo *Starfighter Training Academy.*

Elle employa les mêmes mots que moi, considérait cet outil de recrutement complexe comme un simple jeu.

Quelque chose d'amusant. J'allais devoir éclaircir le quiproquo.

— La simulation d'entraînement est difficile et presque impossible à achever. Je t'assure qu'il ne s'agit pas d'un jeu. Tu as accompli tes missions. Tu as obtenu le grade de Starfighter[1]. Le Général Aryk t'accueille sur Vélérion. En tant que partenaire, j'ai le devoir et l'honneur de t'escorter jusqu'à ma planète natale afin que tu prennes le commandement de ton vaisseau.

Elle posa ses mains sur ses hanches épanouies.

— Tu plaisantes ?

— Acceptes-tu mon emblème en signe de notre union indéfectible ? Resteras-tu avec moi, ma Starfighter ? Resteras-tu à mes côtés pour combattre avec moi jusqu'à ce que la mort nous sépare ? Ces mots te paraissent familiers ? demandai-je en répétant les mêmes questions que durant le jeu.

Elle pâlit, ses yeux s'écarquillèrent lentement en ce que j'espérais une prise de conscience.

— Tu es sérieux.

Je hochai la tête une fois.

— Effectivement. Notre union a été validée dans la Salle des Archives.

Je me levai, pris l'écusson de mon uniforme et le lui tendis.

— Je te l'ai déjà donné, mais je te le remets maintenant en personne.

Elle fixa mon présent comme s'il était empoisonné, fourra même ses mains derrière son dos.

Ses yeux sombres allaient de mon écusson à mon visage et vice versa.

— Je... je... quoi ? Je dois accepter l'emblème des Starfighters et t'accompagner sur Vélérion pour combattre la Reine Raya et la flotte des Ténèbres ?

Ah, elle comprenait enfin. J'expirais et m'autorisais même à esquisser un sourire.

— Affirmatif.

— Parce que j'ai accepté la proposition d'être ta partenaire.

— Oui.

— Parce que *Starfighter Training Academy* n'est pas seulement un jeu vidéo mais un outil de recrutement pour trouver des gens dans tout l'univers et combattre la Reine Raya ?

— Oui.

— Pourquoi moi ? Je ne suis personne, Alex. Sérieusement.

Alex ? Je fixais ses lèvres, j'avais envie de l'embrasser. Maintenant.

— Toi, Jamie Miller, tu es une Starfighter d'élite et ma compagne.

— Bon, en admettant que je te crois. Pourquoi ce jeu ? Vous n'avez pas de pilotes sur Vélérion ?

— Si. Les compétences requises chez un Starfighter d'élite sont bien moins répandues que tu ne le crois.

L'attaque surprise était encore une plaie ouverte dans mon cœur et sur Vélérion.

— Voilà un peu plus d'un an, la Reine Raya a détruit une base lunaire secrète où était stationné le gros des Starfighters d'élite. La lune n'est plus qu'une longue ceinture d'astéroïdes. Les roches et débris de l'explosion s'étendent sur deux secteurs en orbite autour de ma planète. Seul un petit groupe de Starfighters d'élite, hors de la base à ce moment-là, a survécu à l'attaque. Nombre de mes amis ont été tués ce jour-là, y compris mon seul frère et sa femme.

Ses épaules s'abaissèrent, elle posa sa main sur sa bouche.

— Mon Dieu, c'est... Je suis désolée.

J'ignorais si elle me croyait, si elle croyait que ce que j'avais dit était vraiment arrivé, ou si elle était tellement absorbée par son *jeu* qu'elle éprouvait de l'empathie envers ce qu'elle croyait être des créatures imaginaires.

Je me raclai la gorge.

— Ce jeu d'entraînement a été créé pour découvrir les combattants les plus doués originaires de Terre. Ce que tu appelles un jeu est un simulateur de combat utilisé pour former nos pilotes. Tu es la première Terrienne à réussir la formation.

Elle posa sa main sur sa poitrine.

— Moi ? La première ?

J'acquiesçai et fis un pas vers elle.

— Tu es la première à terminer la formation des pilotes. Tu es la première Starfighter d'élite de Terre.

Elle semblait enchantée et méfiante à la fois.

— Alors tu es toi aussi un Starfighter d'élite, parce que nous avons réussi ensemble.

Je hochai la tête.

— Une fois ta formation terminée, nous ne ferons plus qu'un. J'ai été réaffecté.

Je ne voulais pas m'étendre sur mon travail sur Syrax. J'avais des ordres stricts afin que notre mission depuis un an demeure totalement secrète.

— J'ai été informé de notre compatibilité initiale voilà plusieurs mois, le 13 juin, date terrienne.

Elle ouvrit les yeux grand.

— Le jour où je t'ai créé dans le jeu ?

Je souris. Entendre son point de vue sur la session de formation m'amusait.

Tu ne m'as pas *créé*. Tu as choisi des options physiques et cognitives qui, combinées, correspondaient aux miennes.

Elle fronça les sourcils.

— Tu veux dire que si j'avais choisi des caractéristiques différentes, j'aurais été destinée à quelqu'un d'autre ? Une autre *vraie* personne ?

— Oui.

Je me regardai et passai une main sur ma poitrine, elle suivit le mouvement des yeux.

— Ravi que mes caractéristiques te plaisent.

A mon tour de la détailler, j'appréciais le moindre centimètre de son corps.

— Je trouve tes caractéristiques très à mon goût.

Ses joues s'empourprèrent et elle détourna les yeux. Je sentis de l'intérêt et du plaisir, bien qu'elle ne manifeste aucun des deux. J'allais la séduire, j'en étais persuadé.

Elle se dirigea vers un fauteuil à haut dossier et s'y affala. La pièce était petite, un salon avec des sièges confortables face à un grand écran plat. Elle saisit un objet noir sur la table basse en face d'elle.

— C'est avec ça que je jouais. Une manette de jeu.

Elle leva le menton vers l'écran fixé au mur.

— Ma télé.

C'est donc ici qu'elle s'entraînait. J'avais essayé d'imaginer cet endroit, j'y étais désormais. Elle n'était peut-être pas la seule à avoir du mal à croire que tout cela soit bien réel. Un Starfighter ne rencontrait pas tous les jours la femme de sa vie... originaire d'une autre planète. Voir sa silhouette là où elle avait combattu à mes côtés, où l'on se parlait, où l'on combattait ensemble... *putain*. Je voulais m'agenouiller devant ce fauteuil et la toucher. Partout.

Enfin, se distraire.

— Tu m'as dit de la fermer lors de notre dernière mission, dis-je en souriant, au souvenir de son insolence.

Elle leva la tête vers moi et me regarda fixement, presque effrayée.

— Comment tu—

— Parce que c'est réel. Je suis réel. L'ennemi que tu as combattu est réel. Bien que les missions soient simulées, les batailles se basent sur d'anciens défis auxquels ont été confrontés nos Starfighters d'élite. Les scénarios de formation sont identiques aux événements réels combattus par notre peuple par le passé. Tu as été entraînée. Tu as excellé. Il est temps d'accomplir ta destinée et combattre à mes côtés.

---

1. NdT : Pilote d'élite

3

lexius

ELLE ÉCLATA DE RIRE, s'arrêta et me contempla. Je ne bougeai pas d'un pouce, respirai à peine.

— Oh mon Dieu. Tu ne plaisantes pas.

Elle attrapa un autre objet sur la table et le dirigea vers l'écran, appuya sur un petit bouton et l'écran s'alluma. Elle lâcha l'appareil, ramassa la manette de jeu et appuya sur plusieurs boutons mais l'écran demeurait noir.

Elle leva les mains en signe d'agacement.

— Tu vois ? Elle est cassée.

Elle jeta la manette avec un bruit sec sur la surface dure.

Je secouai la tête.

— Non. Le jeu est terminé. Ta simulation d'entraînement est achevée, les données ont été effacées pour protéger ton identité.

— Tu veux dire que je ne peux plus jouer ? demanda-t-elle en passant à nouveau une main dans ses cheveux, avec colère cette fois-ci.

— Tu as accepté notre union. Le Général Aryk t'accueille sur Vélérion. Les seules missions qui te restent désormais sont les vraies.

Elle se leva d'un bond, se mit à faire les cent pas entre son fauteuil et l'écran.

— Admettons que ce soit réel.

— Ça l'est.

Elle leva les yeux vers moi, les plissa dans un geste familier déjà vu durant la formation. L'agacement.

— Une fois là-bas, je vivrai et me battrai avec toi pour sauver Vélérion de la Reine Raya et la flotte des Ténèbres ?

— Affirmatif.

— Parce qu'on est mariés.

— Exactement.

Maintenant, elle comprenait. Ce ne serait peut-être pas si difficile que ça.

— Je ne te connais même pas.

A mon tour d'être perplexe.

— Tu étais à mes côtés dans chacune de ces missions. Je connais ta façon de penser. Comment tu te bats. J'aime ta bravoure. Ton culot. Ton côté intrépide. Tu dis ne pas me connaître, je ne suis pas d'accord. Tu as dit à tes amies, Mia et Lily, que j'étais ton partenaire idéal.

Elle fronça les sourcils et écarquilla les yeux de surprise.

— Tu as entendu ? Tu entendais tout ce qu'on disait ?

— Je te le répète, l'entraînement est réel.

Elle arrêta d'arpenter la pièce, fit volte-face et me

dévisagea, cligna encore une fois des yeux. J'ignorais si elle avait quelque chose dans l'œil ou se demandait si j'allais disparaître ce faisant.

— Tu es bien réel.

Je réduisis la petite distance entre nous et pris sa main. Je sentais la douceur de sa peau, sa chaleur. Elle avait le souffle court.

— Je suis réel et bien à toi.

Je tenais toujours l'écusson du Starfighter que je ne lui avais pas donné parce qu'elle avait retiré ses mains lorsque je le lui avais montré.

— C'est à toi, preuve que tu es une Starfighter d'élite. Nous formons désormais un duo de combattants unis. Nous œuvrerons ensemble pour sauver Vélérion.

J'effectuai un pas supplémentaire afin que nos poitrines se touchent presque.

— Et bien plus encore.

— Euh... ouais, à propos, ce que j'ai dit ...

Si près, la différence de taille était flagrante. Elle m'arrivait à peine à l'épaule, ses yeux au niveau de mon torse. Le rose de ses joues indiquait qu'elle était gênée par ce qu'elle avait dit de moi à ses camarades de formation. Le souvenir m'arracha un sourire. J'avais bandé illico en l'entendant dire qu'elle me trouvait « sexy ». J'avais dû améliorer mon argot terrien grâce à mon neuro-processeur pour comprendre que je l'attirais. Une fois compris, il n'y avait pas eu de retour en arrière. Une femme douée, sexy, belle et intrépide.

Je ne comptais plus le nombre de fois où je m'étais branlé en pensant à son avatar du jeu vidéo. Sa voix. Tout.

La réalité était encore plus agréable qu'à l'écran. Je

sentais son parfum subtil. Ses émotions palpables. Une femme sensuelle et douce, malléable et solide à la fois. Je percevais la palette entière de ses émotions, pas seulement audibles dans sa voix.

Elle avait désormais acquis toute sa dimension, et moi réciproquement. Une réalité difficile à accepter, je pouvais comprendre que cette nouvelle version de la réalité puisse être source d'émotion.

Je tendis le bras et me laissai aller à caresser ses cheveux, ses mèches soyeuses s'entrelaçaient entre mes doigts. J'avais envie de les saisir et les tirer, la forcer à relever la tête et l'embrasser.

Je gémis et elle leva les yeux vers moi, des yeux brillants de désir et d'étonnement. Je ne cachais rien de mes sentiments envers elle. Le désir, l'impatience de la faire mienne dans tous les sens du terme. La ramener sur Vélérion pour entamer notre vie commune. Voir ses prouesses en vol pour de vrai. Me délecter de savoir *mienne* une femme aussi géniale et capable.

— Alex, souffla-t-elle.

C'était la première fois qu'elle prononçait mon prénom avec cette voix haletante. Elle était la seule à l'avoir écourté, mais ça me plaisait. Uniquement quand c'était elle qui le disait. Le premier qui essaie, je l'assommais.

— Comme tes partenaires de combat te l'ont dit, dis oui.

J'effleurai sa joue douce, elle ferma les yeux.

— Je ne peux pas abandonner ma vie ici.

— Ta vie est sur Vélérion. Tu l'as prouvé en achevant la formation.

— Mais...

— Arrête de réfléchir, dis-je en l'interrompant, ma

patience menaçait d'être à bout. Suis ton instinct. Comme lors de nos missions ensemble.

— C'était qu'un jeu !

Je secouai la tête.

— Non. C'était une simulation d'entraînement, simulation dans laquelle tu as excellé. Tu es prête pour vivre ta vie de Starfighter d'élite. Ta vie avec moi. Vélérion a besoin de toi et moi aussi.

— Je dois être folle de vouloir m'en aller... à vrai dire, y'a que le jeu qui m'intéresse vraiment ici sur Terre. Mon boulot se résume à un salaire et je suis un véritable ermite quand je ne travaille pas.

— Tu n'as pas de famille ?

Cet élément n'avait pas été pris en considération dans le cadre du programme de formation, et je ne m'étais jamais posé la question. Je pensais uniquement à Jamie.

Elle secoua la tête et partit d'un petit rire triste.

— Ma mère est une alcoolique. Elle préfère la bouteille à moi et on ne se parle plus depuis des années. Mon père nous a quittées quand j'étais enfant. Je n'ai personne.

Je n'aimais pas la savoir seule. Que sa mère soit... tout sauf maternelle. Mais j'étais reconnaissant qu'elle n'ait pas mentionné un homme dans sa vie. Elle n'avait pas parlé d'un amant. Elle m'avait moi maintenant et je lui donnerais tout ce dont elle avait besoin, au lit et ailleurs. Je ne l'abandonnerais pas.

Je posai mes mains sur ses épaules, m'assis sur son fauteuil et l'attirai sur mes genoux. Elle poussa un cri puis se tortilla.

— Jamie, lâchai-je les dents serrées, mon désir pour toi est évident. Pourquoi me torturer ?

Elle se figea.

— Tu... tu as envie de moi ?

Je posai ma main sur sa hanche et appuyai légèrement. Ma bite dure comme de la trique n'était apparemment pas une preuve suffisamment convaincante.

— J'étais avec toi pendant toute ta formation. Nous étions assis côte à côte. On a discuté. On a combattu. On a perdu. On a gagné. Tu m'as choisi parmi une quantité de Vélérions statistiquement élevée. Je te désire. La preuve, je bande. Je meurs d'envie de ton corps de rêve. Ton état d'esprit. Ton intelligence.

Elle se raidit.

— Tu ne me laisseras pas refuser ?

— Tu as déjà accepté, rétorquai-je.

— Mais pas en *vrai* !

Il y avait une faille dans le programme de formation, c'était clair et net. La simulation d'entraînement garantissait une expérience de combat acharnée et réaliste. Jamie pourrait assurément prendre le contrôle de son vaisseau et gagner le combat. Mais à la fin de la simulation, lors de l'échange des vœux et l'accord entre partenaires, les humains pouvaient ne pas se sentir obligés de respecter le serment prêté envers leur coéquipier.

J'avais accepté Jamie en tant qu'épouse en connaissant les conséquences, ce que ça impliquait exactement. Une vie entière mêlant combat et vie commune, plus proche que n'importe quel autre amant sur Vélérion. Le lien entre les Starfighters d'élite était unique et puissant, renforcé à chaque nouvelle mission. La technologie avec laquelle nous interagissions à bord du vaisseau de chasse cimentait ce lien, le renforçait à chaque vol. J'en avais été témoin avec mon frère et sa coéquipière ; profondément amoureux, mais des combattants redoutablement efficaces.

Le désir que Jamie et moi éprouvions l'un pour l'autre irait crescendo. Notre besoin d'être ensemble, de nous toucher. J'admirais Jamie, je la désirais. Mais pour elle, ma proposition était virtuelle. Sa réponse ? Elle jouait à faire semblant, comme une gamine. Il n'y avait aucun moyen d'éviter cette fausse croyance chez les stagiaires. Les programmeurs de Vélérion ne pouvaient pas dire aux candidats à la formation le but ultime de la simulation. La plupart, comme Jamie, ne croiraient pas la vérité même si nous la leur disions nue et crue. Les planètes sur lesquelles nous avions envoyé les simulations n'étaient pas conscientes de la réelle nature de l'univers. Elles étaient toutes primitives, se croyaient seules dans la galaxie, flottant sur leurs petites planètes autour de leurs étoiles plus petites encore.

Jamie dubitative, notre nouveau couple avait manifestement encore du chemin à parcourir avant de retourner sur Vélérion.

Nul doute que la déshabiller et la baiser pour qu'elle comprenne l'intensité de mon envie et mon désir s'avérerait efficace, mais je ne voulais pas qu'elle envisage notre intimité comme seul et unique dénominateur commun.

— Alex, je... je veux que ce soit réel, mais c'est de la folie. Je suis folle si j'accepte de te suivre.

— Absolument pas.

— Admettons que je dise oui. Et si je déteste ? Tu me ramènes ?

Ce concept ne m'avait jamais effleuré. J'étais désemparé. Ramènerais-je ma compagne sur sa planète-mère ? L'idée était aussi insensée pour moi qu'aller sur Vélérion pour elle.

— Si tu n'es pas heureuse, je te ramènerai sur Terre.

Je m'assurerais qu'elle soit heureuse et comblée et ne

souhaite jamais revenir. M'assurer que ma compagne n'ait aucune envie de me quitter ou quitter son nouveau foyer était mon devoir.

— Ok.

A mon tour de cligner des yeux.

— Tu acceptes ?

— Redemande-le-moi.

Je soutins son regard et répétai la déclaration à laquelle on lui avait demandé de répondre pour qu'elle sache exactement à quel point j'étais sérieux.

— Nous voici désormais mariés, conformément au règlement en vigueur relatif à la formation de Starfighter de Vélérion. Nous avons passé de nombreuses heures à nous entraîner conjointement. A combattre ensemble. Acceptes-tu mon emblème et notre union ? Resteras-tu avec moi, Starfighter ? Resteras-tu à mes côtés pour combattre jusqu'à la fin de nos jours ?

Elle rit, se tortilla à nouveau sur mes genoux.

— Je suis folle. Je devrais contacter Mia et Lily pour leur en parler mais elles me diraient de te suivre. Alors... d'accord. Je t'accompagne sur Vélérion pour sauver la planète des griffes de la Reine Raya et la flotte des Ténèbres.

Le bonheur m'envahit.

— Tu acceptes notre union ? Tu acceptes d'être ma compagne ?

Elle me regardait différemment maintenant, contemplait mes lèvres. Je percevais son regard luisant de désir.

— En couple avec toi ? Me battre avec toi ? Oui.

Je n'avais pas besoin de plus. L'écusson toujours en main, j'attrapai sa nuque, baissai la tête et l'embrassai.

Elle poussa un cri et je sautais sur l'occasion, ma

langue se fraya un passage entre ses lèvres et trouva la sienne. Elle poussa un gémissement, s'oublia dans la caresse. Je plaquai alors mon écusson sur sa peau. La morsure de l'objet injecterait dans son corps un sédatif et autres nutriments destinés à rendre son périple sur Vélérion moins stressant. Les Vélérions voyageaient dans l'espace temporel depuis des lustres. L'organisme plus menu des humains était inadapté à ce genre de voyages.

Elle s'écroula dans mes bras, inconsciente, je la tins de longues minutes pendant que les nutriments et nanoparticules cheminaient dans son organisme. Je devais m'assurer que le traitement médical et l'implant neurologique aient le temps de faire effet.

Je contemplais la trace sombre de l'emblème des Starfighter prendre forme alors que les nano robots microscopiques se déplaçaient et se répandaient sous la peau de sa nuque. La marque en forme de tourbillon resterait à jamais incrustée dans sa chair, comme un tatouage humain. Nous étions vraiment liés maintenant, à la vie comme à la bataille. Le symbole sur notre cou, sur le cou de chaque Starfighter d'élite, était une marque d'honneur et de rang. Partout où Jamie irait, on lui témoignerait respect et admiration.

Et ils sauraient qu'elle était en couple. Mariée.

Avec moi.

Je n'avais aucun regret.

Je désirais cette humaine. Ma femme légitime. Mais ce serait pour plus tard. Si je pensais trop à notre plaisir futur, je n'arriverais jamais à partir avec Jamie de cette petite planète primitive.

Je me levai prudemment, Jamie dans mes bras. Je l'installai confortablement avant d'effectuer un voyage supplémentaire pour rassembler certaines de ses affaires. Je l'emportai hors de son appartement vers sa nouvelle vie avec moi sur Vélérion, dans un élan de douceur jamais ressentie auparavant.

4

𝒥amie, Base Lunaire Arturri, Système Véga

Le terme *brouillard* était insuffisant pour décrire la confusion qui régnait dans mon esprit alors que je me réveillais doucement. Des draps chauds et un oreiller moelleux menaçaient de me faire replonger, j'avais l'impression étrange d'avoir sombré dans l'inconscience depuis trop longtemps. Comme lorsque je me réveillais trois heures en retard pour aller au travail parce que le médicament contre le rhume pris la veille m'assommait et que je n'avais pas entendu mon réveil.

La literie douillette n'était pas la seule en cause, j'étais étroitement blottie. Un corps musclé contre mon dos et mes cuisses, un bras solide passé autour de ma taille. Une main lovée contre ma poitrine. Une bite épaisse titillant le creux de mes reins.

Un homme. Un homme grand, fort, chaud, tendre...

Chaque muscle de mon corps se tendit comme un arc. La panique fit battre mon cœur, le brouillard se dissipa peu à peu. Je m'efforçai d'ouvrir les yeux, les clignai à plusieurs reprises avant d'oser bouger.

Mon courage pris à deux mains, j'essayai de me retourner mais le bras qui m'enlaçait me retint.

— Chuut.

Je connaissais cette voix grave.

Au lieu de m'éloigner, je tournai la tête.

Il était là.

Ce n'était pas un rêve ou une hallucination, j'avais visiblement perdu la tête. Ça ne pouvait pas être vrai. A moins que ?

— Alex ? J'avais la gorge sèche.

— Oui.

J'étais au lit avec Alex, le Starfighter sexy de mon jeu vidéo. Et il me pelotait. Mon téton pointait, je me cambrai afin que ma poitrine emplisse sa paume. Je sentais encore plus sa bite en érection maintenant. Épaisse, longue et... bien présente. Une caresse possessive, pas agressive. Il n'essayait pas de cacher son désir pour moi, le nier ou même s'en excuser.

— N'essaie pas de te lever.

Ses yeux verts croisèrent les miens, il parcourut mon visage. Il leva sa main, caressa ma joue. Ce léger contact me donna la chair de poule.

Oui, il était réel. Très tridimensionnel et magnifique. Je ne le regardais absolument pas via un écran de télévision. Sa main glissa et se posa soudainement sur ma hanche.

— Accorde-toi du temps pour t'adapter à l'implant cérébral.

Ses cheveux noirs étaient ébouriffés par le sommeil. Il

m'observa comme s'il n'avait nulle part où regarder. Je le contemplais une seconde, mais ses paroles produisirent leur petit effet.

— Quoi ?

Un implant ? Où ça, exactement ? Je me redressai dans le lit, la pièce se mit à tourner à toute vitesse et je tombai.

Pile dans les bras d'Alex. Je savais depuis des mois à quoi il ressemblait, comment il était. Je le savais grand et fort. Mais son odeur ? Il sentait le sexe, le mec sexy. Rien de terrestre. Pas la pinède ou le cuir. Il sentait... incroyablement bon, sauf que j'étais sur le point de vomir tout le contenu de mon estomac sur son torse chaud et sexy.

Il se déplaça très lentement, s'appuya contre la tête de lit et me garda près de lui. Sa proximité m'aida à garder mon calme alors que je commençais à paniquer grave.

Je ne savais pas pourquoi je pensais à ça mais j'étais déçue qu'il ne soit pas nu. Le type dont je rêvais depuis des mois était dans mon lit, vêtu d'un uniforme bien trop familier. Un uniforme de Starfighter.

J'étais blottie contre le Starfighter extraterrestre sexy... vêtu de mon pyjama pas sexy. Je marmonnai l'air gêné, gêne qu'il prit pour un malaise.

— Ne bouge pas trop vite s'il te plaît.

Sa grande main caressait mon corps, geste quelque peu distrayant. Tout comme me retrouver dans ses bras. Tout comme... lui. Comme s'il ne pouvait pas s'empêcher de me toucher, je ne voulais pas qu'il arrête. Il était la seule chose qui m'était familière en ce moment. Mon repère, un truc fou en soi.

Je regardai la pièce ordinaire pendant qu'il me tenait. Une chaise dans un coin. Rien hormis le lit dans lequel nous étions. Au mur, l'emblème des Starfighters. Grand et métallique, copie conforme de celui sur son uniforme. Sur le jeu vidéo et tous les emballages. Le marketing. Tout. A l'image du logo d'une entreprise commercialisant un soda. Familier. Reconnaissable. Je compris immédiatement sa signification.

— Où sommes-nous ? demandai-je en penchant la tête pour le regarder.

— Quelle est la dernière chose dont tu te souviennes ?

Il haussa un sourcil brun et scruta mon visage.

Je clignai des yeux et réfléchis.

— Tu t'es pointé à mon appartement. Tu m'as raconté des trucs dingues sur Vélérion et les Starfighters.

— Tu te souviens avoir accepté de m'accompagner sur Vélérion ?

— Oui ?

Enfin je croyais. C'était un peu flou, mais je m'en souvenais.

— Eh bien, nous sommes ici sur Arturri, la troisième lune de Vélérion. Dans notre appartement privatif sur la nouvelle base des Starfighters.

Euh... hein ? Euh ...

— Pour de vrai ? On n'est pas sur Terre ?

— Non.

Je regardai autour de moi, essayant de croire que ce que j'avais entendu dans le jeu vidéo était bien réel, que j'étais sur une lune en orbite autour d'une autre planète. Dans un autre système solaire. Mon regard s'arrêta sur un bagage qui ne m'était que trop familier. Un sac noir utilisé lorsque j'étais partie dans les Rocheuses canadiennes l'été précédent, et deux valises rigides vert avocat embarquées lorsque j'avais quitté le camping-car de ma mère pour la dernière fois. Connaissant déjà la réponse, je demandai :

— Ce sont les miennes ?

Il regarda par-dessus son épaule.

— Oui.

Il se tourna vers moi et posa sa main sur la mienne. Un geste lent et doux. Je sentis des callosités sur sa paume, savoir qu'il n'était pas parfait me soulageait. Un faux joueur de jeux vidéo n'en aurait pas. Elles le rendaient réel. Et cette main avait palpé ma poitrine.

Palpé. Ma. Poitrine.

J'étais vraiment dans l'espace. Ouais, ça n'avait aucun sens. Comme si le seul endroit où je trouverais de l'action était sur une autre planète. Ou une base lunaire.

— J'ai pensé qu'avoir tes affaires ici, dans notre nouvelle maison, te réconforterait.

— Nouvelle maison ?

Il soupira profondément, sa déception était flagrante vue ses épaules basses et son air boudeur. Personne d'aussi beau ne devrait sembler si déprimé. A cause de moi. C'était adorable de prendre mes affaires. Attentionné.

Je remuai dans ses bras, me redressai complètement. La pièce ne tourna pas cette fois. J'inspectai la grande chambre avec un lit king-size, plusieurs placards et tiroirs intégrés le long du mur, une porte qui semblait être une salle de bain et une autre porte fermée hermétiquement. Les draps étaient doux, les lumières tamisées, je n'avais vraiment pas envie de bouger. Je n'étais pas prête. Vraiment pas. Je soupirai et dis :

— Je suis désolée. Je sais que je te demande inlassablement la même chose. Ça fait beaucoup à assimiler d'un coup.

Son pouce caressa le dos de ma main, et je réprimai le frisson de désir que me procurait ce petit geste. Ce type était une vraie bombe. Je voyais maintenant à quel point il était grand à côté de moi. Je sentais sa respiration, la texture de son uniforme. Identique à celui que je portais lorsque je volais à ses côtés lors des entraînements.

— Une bonne douche et des vêtements de rechange te ferait sans doute le plus grand bien.

Une douche chaude ? Avec joie.

J'acceptai sur le champ. Il descendit du lit et m'aida à me lever. Après s'être assuré que je ne tomberais pas la tête la première, il me conduisit à la salle de bain attenante, presque identique à celle que l'on trouvait sur Terre. Un lavabo. Des toilettes. Il appuya sur plusieurs boutons, je faillis pousser un soupir de soulagement en voyant l'eau couler.

— Je nous croyais sur une lune ? Par quel miracle il y a de l'eau ?

Mon cerveau était assurément en vrac, je lui posais des questions bizarres d'ordre scientifique. Je voulais lui demander si sa bite était aussi grosse qu'elle en avait l'air, mais je ne savais pas s'il allait rire, s'enfuir ou me laisser la toucher pour m'en assurer.

— Arturri compte deux grandes calottes glaciaires et d'importantes nappes phréatiques. Toute notre eau est recyclée et purifiée. Nous avons plus d'eau ici que nécessaire.

Il ne s'agissait donc pas d'une simple planète stérile, rocheuse et grise dans le ciel de Vélérion. Pour répondre à la question concernant sa bite, je regardai le devant de son pantalon d'uniforme. La protubérance était indéniable.

Alex indiqua du doigt un petit placard dans la

chambre derrière nous, sans remarquer, et heureusement, que je louchais sur son sexe. Bien qu'il m'ait tenue dans ses bras pendant que je dormais et m'ait touchée de façon plutôt intime. Œil pour œil, dent pour dent. Ou plutôt œil pour œil, bite pour bite.

— Les uniformes propres sont là. Ils devraient t'aller parfaitement.

— D'accord.

S'ils me faisaient un look d'enfer à l'image d'Alex, ça me convenait. En outre, j'étais intriguée. Seraient-ils vraiment exactement la copie conforme de l'uniforme porté par mon personnage dans le jeu ?

— Tu arriveras à te débrouiller seule ?

Il me scruta de la tête aux pieds histoire d'en juger, impossible d'ignorer son regard satisfait.

— Traverser la galaxie sur de longues distances n'est pas un problème pour les habitués. Tu t'adapteras rapidement mais je ne voudrais pas que tu tombes dans la douche et te blesses. Je peux t'aider.

— A me laver ? demandai-je, bouche bée.

La surprise se lisait dans ma voix, non pas parce que je ne pouvais pas me laver seule, mais parce que l'idée me plaisait *vraiment*.

— Nous sommes mari et femme. Je suis là pour toi, quoique tu demandes.

J'avais l'impression qu'il parlait d'autre chose que m'aider avec du savon et un gant.

Waouh, ok. Bien qu'il soit... franchement sublime, je n'étais pas tout à fait prête pour. Pas encore. Je n'étais pas sûre de ce qui se passerait s'il retirait ses vêtements. Mon esprit, et mon corps, péteraient probablement les plombs. Peu importe à quel point tout cela était dingue, il m'attirait. Ce que j'avais dit à Mia et Lily n'était pas faux. J'avais envie de lui.

Je me raclai la gorge.

— Ça va aller. Merci.

Malgré son attirance évidente, Alex était un gentleman, il tourna les talons et me laissa seule. La porte se referma derrière lui, garantissant mon intimité pendant que je prenais une longue douche chaude. Trop longue sans doute, mais je n'étais pas tout à fait prête à affronter le truc de dingue dans lequel je m'étais fourrée. Propre comme un sou neuf, je coupai l'eau, me séchai et pris l'uniforme.

Il m'allait effectivement comme un gant. Je pris cinq minutes supplémentaires à me regarder sous toutes les coutures, à m'admirer dans le miroir découvert derrière la porte du placard. Dans l'uniforme d'une Starfighter.

Oh. Mon. Dieu. J'avais imaginé l'effet que ça ferait d'en porter un, et voilà que j'y étais.

Plutôt pas mal. L'uniforme noir moulant me faisait paraître incroyablement plus mince qu'en réalité. Plus forte. Plus confiante, j'avais besoin de toute l'aide possible.

Je jetai un rapide coup d'œil à mon pyjama par terre. J'avais l'impression d'avoir quitté mon enveloppe terrestre pour revêtir celle d'une Starfighter. Je devenais folle ? C'était bien réel.

Je ne pouvais pas rester dans la salle de bains à me poser des questions. Ma curiosité me poussa dans l'autre pièce, trois fois plus grande que mon petit appartement d'une pièce sur Terre. Un coin cuisine avec une petite table et quatre chaises s'ouvrait sur une grande pièce à vivre avec un canapé d'angle si vaste que toute une équipe de basket aurait pu s'y asseoir côte à côte, et encore, il restait de la place. En plus de l'énorme canapé, deux grands fauteuils confortables flanquaient une table carrée, parfaite pour poser des pieds fatigués ou un verre après une longue journée.

Le sol ressemblait à une moquette basique rase, mais le revêtement était doux sous mes pieds nus, je m'enfonçais dans la moquette comme dans un nuage.

Je reconnaissais tout. Jusqu'aux lampes de part et d'autre du canapé, les coussins. L'adorable statue de la créature Vélérion, impossible de me rappeler son nom, montant la garde à côté de la porte principale. Une protectrice du foyer ou quelque chose dans le genre. Le moindre détail choisi par mes soins. Encore une fois, à partir des options disponibles dans le jeu... mais quand même.

— Oh mon Dieu. C'est dingue.

— Ça ne te plaît pas ? Tu peux changer ce que tu veux.

Il regarda autour de lui comme s'il voyait cet endroit pour la première fois. Peut-être, après tout. Lorsque j'avais accédé au menu du jeu et choisi le canapé et la décoration, tout cela n'était qu'un jeu pour moi. Un truc amusant. Ma seule et unique chance de concevoir une pièce à vivre sans penser à l'argent. Maintenant, j'y étais pour de vrai sachant, sans même avoir besoin de vérifier, que derrière les quatre autres portes se trouvaient une deuxième salle de bain, une chambre d'amis, une pièce consacrée au stockage des armes et armures, la porte noire quant à elle donnait sur le couloir menant à la base lunaire.

— C'est parfait.

— Je confirme.

Alex se retourna et me regarda des pieds à la tête, je

compris qu'il ne parlait pas de notre appartement. De la pièce à vivre. Peu importe. Son regard brûlant de désir me donnait le frisson. Le temps passé devant le miroir n'avait rien changé à ma confiance en moi vue sa façon de me regarder.

— On devra faire le ménage ? C'est trois fois plus grand que mon ancien appartement.

Alex gloussa.

— Bien sûr que non. Des robots s'occupent de l'entretien et du nettoyage.

— Dieu merci. Je déteste récurer les toilettes.

Son rire, cette fois, était retentissant, je riais tellement que j'en avais mal aux joues. Son hilarité calmée, il me contempla avec le regard d'un homme appréciant ce qu'il voyait chez une femme. Qui la désirait.

— Tu me plais, ma femme, affirma-t-il d'une voix grave.

J'avais déjà entendu cette sonorité auparavant, mais toujours avec une connotation technique, rien de sexuel.

Un frisson de plaisir purement féminin me traversa, je sentis le rouge me monter aux joues. Je baissai les yeux devant son regard intense. Mon estomac gargouilla subitement.

Il sourit et tendit la main.

— Viens. Je vais te donner à manger, puis je t'escorterai jusqu'à ton vaisseau.

Je me figeai. Oubliés le gars sexy et la nourriture.

— Mon *vaisseau* ?

Il hocha la tête, ses cheveux noirs glissèrent sur son front.

— Bien sûr. Le *Valor*.

Je levai une main comme pour l'arrêter.

— Attends. C'est juste un nom que j'ai inventé. C'était seulement pour le jeu.

— Tout comme moi, répondit-il en croisant les bras sur sa poitrine, les épaules en arrière.

Je soupirai. Oui, je l'avais aussi créé dans le cadre du jeu. Et c'était pourtant un vrai mec. Un vrai *extraterrestre*. Le *Valor* était lui aussi bien réel.

Bon sang de bonsoir.

5

— Viens, répéta-t-il en me conduisant vers la porte menant au nouveau monde qui se trouvait de l'autre côté.

Pendant une seconde coquine, je ne pensais plus à rien, hormis qu'il m'enjoigne de le suivre pour une tout autre raison.

Bon sang. J'étais sur une planète extraterrestre, mariée à un extraterrestre sexy, pour la vie, et impossible de me concentrer sur autre chose que l'embrasser. Qu'il caresse encore mes seins. Mon sexe.

Sexe. Sexe. Sexe.

Je n'avais jamais autant pensé au sexe depuis des mois. Non. Absolument pas. Jamais. De. Toute. Ma. Vie.

Je décrétai, en emboîtant le pas à Alex, que mon obsession était entièrement sa faute. Il était trop grand, ses fesses trop fermes, sa bite trop plaquée dans mon dos, ses yeux trop verts. Qui avait des yeux pareils, hein ? Et ses cheveux ? De la soie noire ? Faux. Complètement faux. Il était trop bandant pour qu'une femme normalement branchée cul lui résiste. Cette nouvelle obsession de le déshabiller et lui sauter dessus était par conséquent entièrement sa faute.

Et nous allions vivre ici. *Ensemble*. Moi et lui. Lui et moi. *Nous*.

Il m'observa avant d'ouvrir la porte, caressa l'ovale de mon visage.

— Et ta tête ? Toujours des vertiges ?
— Non.

Je souffrais d'une légère migraine persistante, mais c'était tout. La douche m'avait vraiment fait du bien. J'espérais que lorsqu'il avait parlé d'adaptation, il entendait adaptation rapide.

— Hé, qu'est-ce que tu voulais dire exactement tout à l'heure avec ton *implant* ?

Il se rapprocha, sa paume effleura le côté de ma tête. Je demeurai parfaitement immobile, je mourais d'envie de sentir sa main mais j'étais en même temps nerveuse. Il passa ses doigts dans mes cheveux et toucha un point très douloureux à la base de mon crâne. Je grimaçai.

Il planta son regard dans le mien.

— Excuse-moi, ma chérie. L'implant cérébral se compose de nano-robots qui fusionnent avec ton système nerveux. Ils te permettront de lire, entendre et comprendre toutes les langues que nous connaissons.

J'écarquillai les yeux.

— Un traducteur universel ?
— Oui.
— Et ça marche aussi pour lire ?
— Les implants régulent les impulsions envoyées vers

et depuis les centres de traitement de ton cerveau. Tes yeux lisent le vélérion standard, mais les implants ajusteront le signal pour que ton cerveau croie voir ta langue maternelle.

— Dans n'importe quelle langue ?

— Dans toutes les langues que nous connaissons, y compris la plupart de celles parlées sur Terre.

Waouh. Hum... *dingue*. J'aurais pu utiliser ça au lycée en français.

— Tu t'exprimes en quelle langue en ce moment ?

— En vélérion.

— Pour de bon ? Mais j'entends de l'anglais.

— Comme je te l'ai dit, l'implant régule les signaux électriques dès qu'ils atteignent tes oreilles. Il ajuste les impulsions cérébrales pour imiter ta langue avant qu'elles rejoignent les centres de traitement cérébral.

Putain de merde. J'aurais dû plus écouter pendant les cours de biologie.

— Ok.

Je verrais ça plus tard. Ou peut-être pas. Je l'ajouterais à la liste. Une très longue liste de choses insensées qui s'allongeait au fil des secondes. Je mordillai ma lèvre.

— Hé, Alex ?

Il haussa un sourcil brun, attendant que je poursuive.

— Quand je t'ai choisi, tu avais le choix ?

Il fronça les sourcils, cligna des yeux.

— Je ne comprends pas.

Je n'aimais pas l'idée qu'il ait pu être forcé de faire équipe avec moi alors que ce qu'il voulait vraiment, c'était une grande rousse mince avec des taches de rousseur et des yeux bleus.

— Tu m'as... choisie parce que tu ne pouvais pas faire autrement ? Je veux dire, et si je ne te plaisais pas ?

Il m'observa attentivement, me dévisagea si longuement que je ne tenais plus en place.

— J'ai revu tes premières missions en formation. Je t'ai accepté à titre de coéquipière d'entraînement à ce moment-là. Si j'en avais voulu une autre, j'aurais pu mettre un terme à notre duo.

— Comment ?

— Le protocole d'entraînement donne à chaque Vélérion la possibilité de rater une mission. Si nous n'avions pas été compatibles, nous aurions échoué. Auquel cas, ta mission aurait pris fin et tu aurais dû recommencer.

Je restais bouche bée, abasourdie.

— *Recommencer* ? J'aurais dû en créer un autre ?

L'idée de perdre Alex était encore pire qu'avant, lorsque je croyais qu'il faisait simplement partie du jeu. Maintenant, je le savais *réel*.

— Pas créer, en choisir un autre. Chaque combattant disponible dans le simulateur d'entraînement est réel.

Je repensais au jour où j'avais créé, ou croyais avoir créé, Alex. Ce qu'il disait était logique. Je n'avais jamais eu de choix illimités dans le jeu. Si je sélectionnais la loyauté comme trait de personnalité le plus important chez un partenaire, on me demandait ensuite une deuxième qualité souhaitée. Puis une troisième. Après avoir répondu à au moins trente questions sur mon partenaire idéal, on me proposait un partenaire masculin, féminin ou androgyne. Puis venait la taille. La morphologie. La couleur des cheveux. Les yeux. Les caractéristiques physiques venaient en dernier mais j'étais tombée amoureuse d'Alex au premier coup d'œil.

Maintenant il était là, sa main sur ma peau, sa chaleur envahissait mon corps, sans quitter ma bouche des yeux.

— Combien de Vélérions compte le système de formation ?

— Des dizaines de milliers.

— Et c'est toi que j'ai choisi.

Son sourire me faisait fondre.

— Et je t'ai choisie en retour. Je t'ai observée, Jamie Miller. En espérant. En attendant.

Allez savoir pourquoi sa phrase revêtait une connotation sexuelle. J'aimais ça.

Il m'observait pendant tout ce temps où je n'avais que lui en tête, c'était, peut-être, réciproque ?

— Et l'écusson que tu m'as donné dans le jeu, que tu m'as montré à mon appartement ?

— Ah, oui.

Il fouilla dans la poche de son pantalon et le sortit.

— Je peux ? demanda-t-il en me regardant et en attendant mon accord.

Je levai la main vers ma nuque au souvenir de la piqûre, puis plus rien. Je fis un petit pas en arrière.

— Tu ne vas pas me piquer à nouveau, hein ?

Il esquissa un sourire.

— Non. Celui-ci est pour ton uniforme. Dans ton appartement, j'ai dû te piquer en tant que Starfighter mariée et t'injecter les nanoparticules de codage, pour que tu comprennes ce qu'on te disait à notre arrivée.

Des nanoparticules. Ça me dépassait, mais ça avait l'air de fonctionner puisque je le comprenais.

— Attends un peu. Je n'avais pas ça quand tu es arrivé. Je t'ai compris comment ?

— J'ai appris suffisamment ta langue pour parvenir à transmettre mon message.

— Et puis tu m'as embrassée pour que je ne voie pas la très grosse aiguille ? C'est ce que tu es en train de dire ?

— Je t'ai embrassée parce que je ne pouvais pas résister plus longtemps, mais il ne s'agit pas d'une aiguille à proprement parler. L'injection de l'implant et des nanorobots qui t'identifient peut être douloureuse.

Je me figeais et clignais des yeux.

— Qui m'identifient ?

Il tourna la tête et je vis ce qui ressemblait à un tatouage identique à l'écusson sur le côté de son cou.

— Le tourbillon foncé indique à tous ceux qui nous voient que nous formons un couple de Starfighters d'élite. Les nanoparticules liées à nos neurones nous permettent d'accéder à notre vaisseau et le contrôler. Nous deux et personne d'autre.

— Je suis identifiée ?

Je portai mes doigts à mon cou mais ne sentis rien.

Il hocha la tête, son regard se posa sur la marque.

— Nous n'avons jamais eu de Starfighter humain auparavant. J'ignorais comment ton organisme réagirait. J'avais envie de t'embrasser parce que je ne pouvais pas me retenir une seconde de plus, mais je ne voulais pas non plus te mettre mal à l'aise. Ton organisme a très bien géré les deux. Même la douleur de l'injection devrait s'estomper rapidement.

Quel soulagement. Je n'étais pas super ravie par ce qu'il avait dit mais le baiser m'avait vraiment distraite. Il s'était montré attentionné. Un vrai baiser qui m'avait littéralement laissée sans voix.

Je soupirai parce que... *ce baiser*.

Il s'approcha, leva sa main libre et caressa ma joue, geste auquel il ne semblait pas pouvoir résister. Son regard noir parcourut mon visage comme s'il le découvrait pour la première fois.

— Je ne te ferai jamais aucun mal, ma chérie. Jamais. Je te protègerai au péril de ma vie.

Le ton grave de sa voix prouvait sa sincérité. Des paroles identiques à la promesse faite dans le jeu, mais pas artificielles.

— Nous sommes des partenaires, dis-je, un couple uni.

— Oui.

— C'est réel.

— Si tu me permets de mettre cet emblème sur ton uniforme avant que nous quittions notre appartement, je serai heureux de te présenter à toute la base.

J'acquiesçai. Il s'approcha, fixa l'emblème sur la chemise de mon uniforme, au-dessus de mon sein gauche. Ses doigts effleurèrent mon mamelon tout dur derrière l'uniforme. Il leva les yeux vers moi, je compris qu'il avait lui aussi senti ma réaction physique. Il effleura mon téton durci à nouveau, j'aurais juré entendre un grognement ou un autre son possessif émanant de sa personne.

Ses yeux verts luisaient de désir. Je me léchai les lèvres. Je me souvenais de notre baiser, j'en voulais un autre.

— Ne me regarde pas comme ça, dit-il d'une voix grave dans laquelle pointait un léger avertissement.

Je fronçai les sourcils et murmurais,

— Comment est-ce que je te regarde ?

— Comme je te regarde, moi, répondit-il. J'ai envie de t'embrasser. Te ramener au lit et te déshabiller. Faire de toi ma femme dans tous les sens du terme.

— Je veux... je veux que tu m'embrasses, soufflai-je.

Ses yeux scintillèrent, il se pencha et effleura mes

lèvres. A peine. Brièvement. Il releva la tête et nos regards se croisèrent. Sans se lâcher.

Oh mon Dieu. Je savais mes joues rouges, mes tétons durcis. Il voyait l'effet que ses paroles avaient sur moi. Il ignorait que je mouillais pour lui, il ne savait rien de mon impatience. Il le découvrirait bien assez tôt s'il me déshabillait comme il le souhaitait.

Mon ventre gargouilla.

Le coin de sa bouche esquissa un sourire et il recula d'un pas.

— D'abord, manger.

— Et après ?

— Après, répondit-il, comme si cela expliquait tout.

Il prit ma main et me conduisit depuis notre appartement à un long couloir. J'essayais de ne pas regarder les dessins bizarres gravés aux murs, dessins clairement extraterrestres strictement semblables à ceux du jeu vidéo. Je reconnaissais cette base lunaire grâce au graphisme du jeu. Tout était lisse et impeccable, sans boulons ou joints visibles dans les murs. Le couloir partant de notre appartement se trouvait à environ cent cinquante mètres d'une vaste pièce, devant laquelle je m'arrêtais net.

Le plafond était si haut que les poutres soutenant la structure ressemblaient à des fils tissés dans une immense toile d'araignée. La structure consistait en une série de dômes hexagonaux reliés les uns aux autres, tous brillant d'une couleur différente. L'effet était stupéfiant, la zone commune devant nous semblait inondée d'une lumière solaire intense. L'espace était si grand que des dizaines de couloirs en partaient, l'arche sous laquelle nous nous trouvions étant l'une des plus petites. Il y en avait d'autres assez grands pour y faire passer plusieurs semi-remorques côte à côte. Et un mur n'était que fenêtres, plexiglas ou écrans. Je ne savais pas si je regardais quelque chose de vrai ou de virtuel. Dans tous les cas, c'était stupéfiant. La planète en dessous ressemblait à la Terre, sauf que les continents et les océans n'étaient pas au bon endroit. Les océans bleus, les nuages blancs, les masses terrestres vertes et brunes auraient pu être sur Terre. Mais je les avais déjà vus auparavant. De nombreuses, nombreuses fois.

J'étais déjà venue ici. Dans le jeu. Maintenant, j'étais ici dans la vraie vie. Avec Alex.

Il montra du doigt alors que je le fixais.

— Voici ma planète natale, Vélérion. Elle fait vingt fois...

— La taille de la Terre. Oui, je sais.

Je pourrais réciter toutes les données et les connaissances programmées dans le jeu. Je savais tout de Vélérion, la guerre, la méchante reine qui essayait de prendre le contrôle de sa planète et céder son peuple et ses ressources à la flotte des Ténèbres.

— Tout est vrai dans le jeu. Jusqu'au moindre détail, murmurai-je. Je n'en doutais plus désormais.

Il me regarda et répondit simplement

— Oui.

Je passai la main dans mes cheveux.

— Pourquoi moi ? Pourquoi créer le jeu et l'envoyer sur Terre ? Il doit y avoir de meilleurs endroits pour trouver des combattants. Non mais franchement, regarde-moi ! Je ne suis pas soldat. Je suis en surpoids, je n'ai jamais touché une arme de ma vie, je livre des colis pour gagner ma vie et je ne suis jamais partie dans un autre pays, encore moins à l'autre bout de la galaxie.

Je parlais en agitant les mains vers la planète en

dessous, Alex les prit alors que je brassais l'air et les tint dans les siennes. Le contact, la façon dont il frottait ses pouces d'avant en arrière, était réconfortant. Encore une fois, il me calmait.

— Jamie Miller, tu es une Starfighter d'élite. L'une des guerrières les plus chevronnées et les plus compétentes de la galaxie. Nous avons envoyé le jeu sur Terre parce que les humains sont connus pour être débrouillards, intelligents et créatifs, toutes les caractéristiques requises chez un Starfighter.

— Je suis la seule que tu ais sous la main ?

Je contemplais ses yeux verts trop sérieux et beaucoup trop sexy.

— C'est pas possible.

— Tu es la première. Personne, sur les autres planètes, n'a réussi à terminer l'école de formation. La Terre compte nombre de combattants à deux doigts de terminer.

— Tu veux dire qu'ils sont sur le point de battre le jeu, dis-je pour clarifier.

Il haussa négligemment les épaules.

— Appelle ça comme tu veux. Pour toi, c'était un jeu. Pour Vélérion, un outil pour identifier et recruter les meilleurs Starfighters possible. Une fois la formation des autres terminée, ils seront amenés ici également. Tu ne resteras pas seule longtemps, ma Jamie.

— Je ne suis pas seule, Alex.

Il s'approcha et pressa ses lèvres sur les miennes dans un nouveau baiser chaste qui me surprit et me laissa un goût de reviens-y.

— Non, pas du tout.

Son regard restait rivé sur mes lèvres.

— Et tu ne seras jamais seule, ma chérie. Je suis à toi et tu es à moi.

Je repensais à la cérémonie à laquelle j'avais assisté.

— Resteras-tu à mes côtés, Starfighter ? Resteras-tu à mes côtés pour te battre avec moi jusqu'à la fin de nos jours ?

— Tu te souviens de ce que je t'ai demandé.

Je hochai la tête.

— Je me souviens que tu as accepté et que le général Aryk nous a officiellement mariés. C'est vrai. C'est réel. Le lien. Notre couple.

Nos regards se croisèrent et je ressentis une envie quasi irrésistible d'arracher cet uniforme et lui sauter dessus. Nous fûmes encerclés avant que je puisse céder à mon instinct.

— Alexius !

— C'est elle ?

— Une nouvelle Starfighter ! Merci Vega !

— Un couple supplémentaire ne sera pas suffisant.

— Ça aidera.

Cette phrase venait d'un grand homme en uniforme de Starfighter.

Les voix m'entouraient, je comprenais le Vélérion facilement mais je remarquai cette fois que les mouvements de leurs lèvres ne correspondaient pas aux sons que percevait mon cerveau. Je devrais m'y habituer.

Alex leva une main pour demander le silence et passa sa main libre autour de ma taille. Le calme revenu, il s'adressa au groupe, semblable à des humains ordinaires. Ils portaient différents uniformes, mais je savais exactement grâce au jeu quel était le rôle de chacun sur cette base lunaire. Alexius et moi portions l'uniforme noir des Starfighters d'élite. Un mécanicien travaillait sur les vaisseaux Starfighter, deux officiers de l'armée de Vélérion chargés des opérations et du ravitaillement de la base, deux hommes portaient également des uniformes de Starfighters d'élite avec la marque en forme de tourbillon sur la poitrine.

Des frères d'armes ?

Oui. C'était logique, le joueur pouvait choisir n'importe quel coéquipier dans le jeu. Si j'avais été attirée par les femmes, j'aurais pu créer un copilote féminin. Je n'y ai pas vraiment songé après avoir créé Alex.

Mais je ne l'avais pas créé, n'est-ce pas ? Je l'avais *choisi* parmi toutes les possibilités. Mon professeur de statistiques aurait adoré calculer la probabilité de tomber sur notre couple.

Alex. Cet homme extraterrestre désormais le mien, bel et bien réel depuis le début.

Il avait dit m'observer depuis que je l'avais choisi. Il m'avait choisi lui aussi. Avait-il suivi la même cérémonie ? Avait-il lui aussi appuyé sur le bouton X de sa manette ? Sans doute, puisque nous étions mariés. Il était venu sur Terre pour me ramener jusqu'ici. Pour combattre ensemble. Pour vivre ensemble.

Il me conduisit à une zone où d'autres personnes déjeunaient à de longues tables. Nous nous assîmes côte à côte, on plaça un plateau de nourriture devant moi, puis devant Alexius. Ça sentait bon, même si je ne savais pas ce que c'était.

J'attaquai, impatiente de calmer ma faim. En plus de m'avoir assommée, le voyage depuis la Terre m'avait affamée. Ce n'est que lorsque je ralentis qu'Alex se leva.

— Je vous présente Jamie Miller de Terre, ma compagne et toute nouvelle Starfighter.

La voix d'Alex portait. Beaucoup dans la grande salle

s'arrêtèrent et vinrent nous voir. Alex m'aida à me lever. Toutes mes alarmes d'introvertie retentirent comme des cornes de brume dans ma tête, mon rythme cardiaque accéléra jusqu'à atteindre des niveaux désagréables mais je plaquai un sourire sur mon visage et restai là pendant qu'ils défilaient un par un devant nous, se présentaient à moi et me prenaient la main. Leur version de la poignée de main consistait à glisser leur paume le long de la mienne et enrouler leurs doigts. Ils s'attendaient manifestement à ce que je fasse de même. Je passai donc les minutes suivantes à serrer la main de chaque Vélérion qui passait.

Tous les autres s'éloignèrent lorsque les deux hommes Starfighters d'élite s'approchèrent. Dieu merci. Ces présentations m'avaient éreintée.

— Bienvenue à la guerre, Jamie. Nous sommes heureux de te compter parmi nous, déclara le plus grand des deux.

Il avait des cheveux blonds et une peau couleur café crème, des yeux marron foncé, un torse presque aussi imposant que celui d'Alex. Beau, grand et amoureux fou de son copilote, à en juger par son regard.

Je voulais qu'Alex me regarde comme ça. Pendant qu'on était au lit. Nus.

— Je m'appelle Gustar et voici Ryzix.

Je saluai le deuxième Starfighter d'élite, tout aussi séduisant. Contrairement au blondinet, ses cheveux étaient couleur café noir, sa peau nuance chocolat au lait fondu, ses yeux d'un bleu intense. Il avait l'air humain, en gros. Mais aucun être humain de ma connaissance n'avait d'yeux de cette couleur. Ou n'était aussi... parfait. Alex était bâti comme un G.I. Joe, avec des épaules un peu trop larges. Des hanches étroites. Des cuisses...

solides. Et un autre endroit bien épais, dans mes souvenirs.

— On vole en *Lanix*.

Je clignai des yeux et repris mes esprits.

— Le *Lanix* ? Je vous connais du jeu... le programme d'entraînement.

Je modifiai le terme, ben ouais, c'était pas un jeu.

Ryzix me sourit, un sourire radieux et accueillant.

— Oui. Nous étions en admiration devant tes compétences et te voilà. Alexius t'a déjà emmené voir le *Valor* ? Il est là, il t'attend depuis des semaines.

— C'est vrai ?

J'écarquillai les yeux et regardai Alex hausser les épaules.

— Une fois la formation d'un pilote de Starfighter presque terminée, un appareil est choisi et baptisé, conformément aux souhaits du pilote, dit Gustar.

Alex se pencha très près de moi, je crus qu'il allait de nouveau m'embrasser, et posa son regard sur mes lèvres.

— Prête à voir ton vaisseau ?

Mon. Vaisseau. Le mien. Le *Valor*.

J'avais un vrai vaisseau. Un vaisseau que je savais piloter ? Les commandes me seraient-elles vraiment familières ? Serais-je capable de faire fonctionner tous les commandes du vaisseau ? Le jeu était vraiment réaliste ?

Je hochai la tête et fis un petit signe de la main, entraînai Alex pour qu'il se dépêche.

— Au revoir, les gars !

Tous deux riaient alors qu'Alex m'escortait sous l'une de ces grandes arches, celles assez grandes pour permettre le passage de camions, j'eus le souffle coupé en voyant ce qu'il y avait de l'autre côté.

Putain de merde.

Des vaisseaux. Tout un stock de vaisseaux de tailles différentes. Et des Starfighters. Des rangées en veux-tu en voilà. Étincelants. Impeccables. La plupart si beaux qu'on aurait dit qu'ils n'étaient jamais sortis du hangar.

— Ils sont tous neufs ?

Alex pressa ma main et me conduisit au bout de la rangée la plus proche.

— Oui. La plupart. Quand la flotte des Ténèbres a détruit la base des Starfighters, nous avons perdu les équipages de Starfighters et leurs vaisseaux. Nous repartons de zéro.

— Combien... combien ont survécu ?

Sa mâchoire se contracta et il soupira.

— Douze équipages de pilotes ont survécu en comptant Gustar et Ryzix. Ils ont été répartis, deux équipages par base.

J'ouvris grand les yeux à l'annonce de ce décompte.

— Ce n'est pas suffisant.

Il hocha la tête.

— Nous en sommes conscients. Jusqu'à présent, nous avons réussi à repousser les attaques de la flotte des Ténèbres, mais uniquement parce qu'ils ne sont pas arrivés en force. Ils ne savent pas combien de Starfighters il nous reste, ni que nous avons créé l'École de formation des Starfighters pour trouver des recrues sur d'autres planètes. Ils ne savent rien de toi ni des autres qui suivront bientôt. C'est la seule chose qui nous a sauvés. C'est ce qui nous *sauvera*.

Merde.

— Alors on forme l'Équipage numéro trois ?

— Sur Arturri, oui.

— Et il n'y a que treize équipages de pilotes de Starfighter, nous compris, pour protéger la planète entière ?

J'eus de nouveau la nausée. Toute la planète Vélérion et seulement vingt-six individus, moi y comprise, pour les protéger tous ?

— Un couple vaut une centaine de vaisseaux de la flotte des Ténèbres.

— Baratines qui tu veux Alex, mais pas moi. J'ai joué au jeu. Leurs vaisseaux sont rapides. Leurs pilotes sournois. Il m'a fallu des mois pour gagner, et je suis la seule à y être parvenue. Ils sont *super* forts. C'est une catastrophe.

Ses yeux verts se rétrécirent, il joua des épaules vers le haut et l'arrière.

— C'est une guerre, Jamie. Et tu es une arme. Tout comme moi. Tout comme notre vaisseau.

Il m'entraîna et me planta devant une chose que je connaissais par cœur. Mon vaisseau. Mon Starfighter. Le fameux vaisseau dans lequel une version virtuelle d'Alex avait grimpé des centaines de fois sur mon écran à la maison.

— Starfighter Jamie Miller, je te présente ton vaisseau, le *Valor*.

6

Alexius, Base Lunaire Arturri, hangar d'atterrissage

JE RECULAI ET CONTEMPLAI JAMIE, regardai ses grands yeux. Ma génération avait grandi pour combattre la Reine Raya. L'école était devenue bien plus qu'apprendre à lire et faire des maths, apprendre l'histoire de la planète et autres matières purement scolaires. La stratégie militaire était au menu. Les moyens de communications. Les leçons de vol. Les compétences au sol. Les bases de la technologie. Lorsque j'avais terminé l'école sur Vélérion, j'avais un niveau plus élevé dans les forces armées que la génération de mes parents.

La nouvelle génération sauverait la planète.

J'adorais voler... bon sang, j'avais kiffé chaque seconde de cette formation. Mais j'étais également doué pour les opérations secrètes. J'avais été recruté par les services secrets de Vélérion quelques mois après mon vingtième anniversaire. J'avais bossé pour eux jusqu'à ce qu'on trouve Jamie. Ce que j'avais fait sur Syrax était important. Tout ce temps n'était pas en vain. Nous avions presque découvert le traître. Trax et Nave étaient encore sur site à l'heure actuelle.

Les compétences de Jamie en tant que Starfighter d'élite n'avaient pas été validées par le système éducatif de Vélérion mais via la formation complexe qu'elle appelait un *jeu*.

Je compris en voyant son émerveillement en découvrant son vaisseau, *notre* vaisseau, qu'elle n'avait jamais cru que c'était réel. Jusqu'à aujourd'hui.

Elle n'avait peut-être même pas cru que *j*'étais réel. Mais voir le *Valor* ?

Un appareil de vingt mètres de long constitué de graphite, métal et technologie vélérion pouvant traverser trois secteurs en moins d'une minute. Des brouilleurs perfectionnés bloquaient tout, des communications aux systèmes de guidage des missiles. L'armement était le plus avancé de la galaxie avec deux canons laser rotatifs sous chaque aile ainsi que des systèmes de missiles guidés à l'avant et à l'arrière du vaisseau. Les combats se déroulaient à la moitié de la vitesse de la lumière, les déplacements de courte distance à la vitesse de la lumière. Le Starfighter était rapide et impitoyable, la seule technologie que possédait Vélérion pour tenir la flotte des Ténèbres de la Reine Raya en échec. Mais nous n'en avions pas suffisamment. Ni assez de pilotes pour les piloter.

Ce vaisseau, le *Valor*, l'attendait. Il attendait qu'elle termine sa formation et devienne la Starfighter d'élite qu'elle était destinée à être.

Elle était plus qu'un pilote, plus qu'un pion dans la guerre entre deux planètes. Elle était à moi. Je voulais bien plus que l'embrasser, la tenir dans mes bras. Je voulais la voir prendre vie sous moi, plutôt qu'à côté de moi à bord du *Valor*.

Je touchai sa nuque, ma marque correspondait en tous points à la sienne. L'emblème noir sur ma peau indiquait que nous étions non seulement des Starfighters d'élite, mais aussi un couple. Que faisait ma moitié à l'autre bout de la galaxie pendant tout ce temps ? Elle vivait sa vie, en ignorant l'existence de Vélérion.

Je l'avais rencontrée grâce au programme d'entraînement, grâce aux simulations, mais en la voyant effleurer le flanc de son vaisseau devant moi, grimper les marches rétractables et jeter un œil dans le cockpit, je découvrais plus qu'une simple Starfighter d'élite. Je découvrais Jamie Miller.

Ses formes plantureuses. Sa peau douce. Ses longs cheveux noirs dans lesquels j'avais passé les doigts pendant qu'elle dormait, suite à son voyage depuis la Terre jusqu'à la base lunaire. Je l'avais tenue dans mes bras tandis qu'elle se reposait, j'avais adoré sentir son corps entre mes bras. Sa peau chaude, son odeur. Je bandais en la regardant, ma bite s'allongeait, impatiente de l'explorer sous toutes les coutures.

Comme sur Terre, j'avais besoin de son accord, je devais demander sa permission pour mériter un autre baiser. Passer à l'étape suivante. Son corps en mourrait d'envie. Ça se voyait dans ses yeux, à la rougeur de ses joues. Elle avait accepté notre union et de venir ici. La crainte de découvrir une nouvelle planète passée, elle découvrirait la profondeur de notre lien. Nous ne formions pas seulement un couple de Starfighters d'élite mais étions unis à jamais. Un couple.

Je contemplais son expression pour le moins intriguée. L'impatience. Le bonheur en découvrant le vaisseau. Elle se retourna sur la dernière marche et me regarda. Cette lueur dans son regard m'était désormais destinée.

Ses yeux sombres parcoururent mon visage, mes épaules, ma poitrine, chaque centimètre de mon corps, puis remonta jusqu'au mien. Un regard admiratif. Émerveillé. En gros, putain... elle était aussi intriguée par moi que moi par elle.

En tant que première Starfighter de Terre, j'étais le premier Vélérion à être lié avec cette planète. Nous étions uniques, les rituels de mariage classique ne s'appliquaient pas. Tout ce que je savais, c'était que je la désirais. Je la désirais depuis que j'avais aperçu son avatar d'élève, voilà plusieurs mois.

Si je voulais l'effrayer, la meilleure façon de le faire n'était pas de lui dire qu'elle se trouvait sur une lointaine planète, mais que j'avais rêvé d'elle, que j'avais eu envie d'elle... que je m'étais même masturbé en l'imaginant bien à moi. Elle m'avait sauvé à un point qu'elle ne comprendrait jamais. J'avais supporté la mission sur Syrax parce que je m'accrochais à l'espoir qu'elle réussirait. Qu'elle serait diplômée.

Qu'elle deviendrait ma femme.

C'était désormais le cas. Ma femme. Elle me regardait d'une façon que mon corps appréciait. Je la désirais. J'avais besoin d'elle.

Elle sortit sa langue rose et lécha sa lèvre inférieure, avant de sauter en poussant un petit cri de joie.

Je la rattrapais instinctivement, plaçai une main dans son dos, l'autre sur ses fesses. Elle enroula ses jambes autour de ma taille. Croisa mon regard et m'embrassa.

Putain de merde. Tout ce que j'avais toujours voulu

mais jamais imaginé se trouvait dans mes bras. Son corps était si petit comparé au mien. Douce là où j'étais musclé. Voluptueuse là où j'étais anguleux. Douce. Ronde. Parfaite.

Pourquoi me montrer aussi possessif et protecteur envers une femme que je connaissais à peine ? Ok, je lui avais dit que nous nous connaissions depuis des mois grâce au programme d'entraînement mais être vraiment avec elle était *différent*. Elle était réelle, j'avais mes mains sur ses fesses, ma langue dans sa bouche.

Chaude comme de la braise entre mes bras. Vorace. Sauvage. Je tenais d'une main ses fesses galbées, j'enroulais ses cheveux de l'autre et tirai. Je la maintins en place tandis que je pris le contrôle de la situation. Un petit gémissement lui échappa et j'en profitai. Oui. Putain, oui. *Voilà*.

Elle était plus bandante que ce que j'avais imaginé. Plus encore que dans tous mes fantasmes.

Je me déplaçai et la plaquai contre le flanc de notre appareil. J'ondulais des hanches et frottais mon sexe entre ses cuisses. Seuls nos vêtements nous séparaient maintenant, et non plus des années-lumière.

Elle gémit à nouveau.

Je poussai un grognement.

Un sifflement me tira de ma rêverie et j'interrompis le baiser. Je me tournai, vis Gustar sourire et me rappelai que nous n'étions pas seuls. Je grommelai en voyant le Starfighter.

Jamie était peut-être ma femme, mais je ne comptais pas la faire jouir la première fois, ou n'importe quelle fois, d'ailleurs, dans un endroit où on pourrait la voir dans cet état, si accro à moi qu'elle en oubliait où nous étions.

Elle n'était pas la seule.

Je retirai ma main de ses fesses, la fis descendre. Elle posa ses pieds au sol et appuya la tête contre ma poitrine. Un petit rire, très féminin, s'échappa de ses lèvres boursouflées.

J'embrassai le sommet de sa tête. Un geste innocent, mais je ne voulais pas m'arrêter. Impossible. Je baissai un peu plus la tête et murmurai à son oreille :

— J'ignorais qu'un Starfighter t'exciterait à ce point.

Elle secoua la tête et releva le menton pour croiser mon regard.

Le sien n'était que désir. Envers moi.

— Alex, chuchota-t-elle en contemplant ma bouche.

Oui, nous étions sur la même longueur d'onde.

Je faillis jouir en entendant mon prénom prononcé de façon aussi sexy. Ici même, dans le hangar d'atterrissage, entouré de techniciens, mécaniciens et pilotes de navette vaquant à leurs occupations.

— Jamie.

Je pris une profonde inspiration et espérai que la température plus basse à l'intérieur du hangar m'aide à calmer mes ardeurs. Pas de chance.

— Je veux plus. Ce baiser. Putain. J'ai envie de toi. Comme je l'ai déjà fait sur Terre.

— Sauf que je veux rester consciente cette fois, dit-elle en grommelant légèrement.

Je ne pouvais pas lui en vouloir. L'assommer, lui injecter les nanoparticules des implants de codage et l'amener sur Vélérion était la dernière chose que j'avais envie de faire. Je voulais la porter jusqu'à son lit et la posséder sur-le-champ. La seule chose qui m'avait donné satisfaction, et un sentiment de propriété instantané, avait été de voir les volutes de notre couple de Starfighters se matérialiser sur son cou.

— Encore ?

Je lui aurais jadis posé la question pour faire un tour en Starfighter, mais maintenant, ça voulait dire autre chose.

— Tu t'évanouiras d'une overdose de plaisir cette fois-ci.

Son regard se fit encore plus torride, comme si c'était exactement ce qu'elle voulait.

— Oui, souffla-t-elle

Je n'attendis pas qu'elle me le dise deux fois, je pris sa main et l'attirai au-delà de la longue rangée de vaisseaux jusqu'à l'une des salles de contrôle. Les lumières s'allumèrent automatiquement et je refermai la porte derrière nous. Le bourdonnement et le bruit des équipages et des mécaniciens restèrent de l'autre côté de la porte. Je frappai la main contre le mur et déclenchai le mécanisme de verrouillage.

Nous étions enfin seuls. Je jetai un coup d'œil à la pièce exiguë déserte, sans un meuble. Les quatre murs étaient tapissés de lumières clignotantes ou de câbles rangés par couleur. Un spécialiste des pupitres de commande devait connaître chacun d'eux sur le bout des doigts. Il n'y avait pas de lit douillet mais je n'en avais pas besoin. Tout ce que je voulais, c'était rester seul avec elle... immédiatement. Voilà le peu d'intimité dont je pouvais disposer.

Quand j'étais sur Syrax, je rêvais de la tringler lors de sa formation étalée sur plusieurs mois. J'avais imaginé comment se déroulerait notre première fois. Je n'ai jamais pensé à cette pièce. Je n'avais pas l'intention de la posséder sans un lit. Sans la possibilité de la baiser plusieurs fois avant de tomber tous les deux d'épuisement.

Nous n'étions pas dans notre lit mais nos corps parlaient d'eux-mêmes. Ma bite en érection pulsait douloureusement. Mes couilles avaient besoin de se vider profondément en elle. Nous avions combattu côte à côte en simulation pendant des mois, nous étions mariés mais demeurions bel et bien des étrangers virtuels.

Je voulais qu'elle accepte d'être une Starfighter. De vivre sur Vélérion. De combattre la flotte des Ténèbres. Sa nouvelle vie. Elle devait s'impliquer pleinement avant de s'offrir à moi.

Je n'avais pas de telles réserves. Elle était à moi et je n'en voulais pas d'autre.

Je coucherais avec lorsqu'elle serait libérée de ses doutes. Quand je l'aurais pénétrée, qu'elle m'aurait griffé le dos, hurlé, supplié de continuer, de m'aimer pour toujours.

Pour l'instant, je lui donnais du plaisir. J'en avais envie. J'avais *besoin* de la voir se cambrer, supplier et chevaucher mon corps jusqu'à l'orgasme. J'avançai lentement vers elle. Elle recula d'un pas, puis un autre et heurta le mur. Son corps se mit à frémir comme si elle avait reçu un choc.

— Oh mon Dieu, je ne vais pas perturber un radar ou faire tomber un vaisseau si je touche quelque chose, n'est-ce pas ?

Je posai ma main sur le mur à côté de sa tête et me penchai. Je supprimai l'espace entre nous avant de la déplacer pour qu'elle s'adosse contre la porte close.

— Pas si on ne touche à rien.
— Alex !

Elle protesta à demi-mot alors que mes lèvres s'approchaient de son cou.

— Ne bouge pas. J'ignore à quoi ça sert. Je ne suis pas spécialiste en pupitres de commandes.

— On pourrait endommager quelque chose ?

— Pas si tu restes là où tu es, très, très sagement.

Elle humecta de nouveau ses lèvres et acquiesça, leva le menton et m'offrit sa bouche.

Que je savourai avec délectation.

Maintenant que nous étions seuls, je laissai mes mains vagabonder. Je découvrais ses courbes, touchais son dos, glissais mes mains dans son pantalon pour toucher ses fesses. Jusqu'à sa taille, plus haut, mes paumes emplies de ses seins.

Elle était réceptive. Douce. Sauvage. Nous étions deux à en avoir envie.

Je n'avais aucune idée du temps passé à nous embrasser et nous tripoter, mais peu importe. Le temps n'avait pas d'importance quand j'étais avec elle. Je la touchais. Putain, Jamie Miller était à moi, la façon dont elle prenait vie dans mes bras en était la preuve.

J'interrompis le baiser mais ne m'arrêtai pas pour autant. Je mordillai sa mâchoire et continuais jusque derrière son oreille. Je soulevai sa chemise d'uniforme, découvris son ventre, la remontai plus haut afin qu'elle se retrouve sous ses bras.

Je l'écartai, regardai ses seins dans un simple soutien-gorge noir. Ses mamelons durcis frottaient l'étoffe. Nos regards se croisèrent, je contemplai ses lèvres gonflées et luisantes.

Elle ne dit rien, se bornant à regarder, attendant de voir la suite.

Je recourbai le doigt et tirai sur l'étoffe extensible,

dénudant ses seins. Les hémisphères rebondies avaient des pointes roses. Je ne pus pas résister, la seule solution consistait à me pencher et les prendre en bouche. Je suçai, léchai, mordillai.

Elle fourra les doigts dans mes cheveux, me cloua sur place.

Je reculai lorsqu'elle bougea les bras. J'étais perplexe mais elle ne fit rien pour m'arrêter. Elle croisa les bras et fit passer son haut par-dessus sa tête, avant de la laisser tomber au sol. Oh putain.

Je fis glisser les bretelles de ses épaules et descendis son soutien-gorge au niveau de sa taille, ses seins désormais totalement nus.

— Magnifiques.

— Arrête de parler, chuchota-t-elle en poussant ma tête là où elle la voulait.

Je ne pus m'empêcher de sourire contre sa peau douce. Je titillai ses tétons l'un après l'autre jusqu'à ce qu'elle se tortille et dise mon prénom d'une voix sexy et haletante.

Ce n'était pas assez pour moi. Je ne levai pas la tête, j'inclinai simplement le menton pour la regarder.

— Encore ?

Elle fronça les sourcils comme je léchai son téton en glissant ma main dans son pantalon, plaqua sa tête au mur et dit :

— Oui.

Elle écarta les jambes pour me donner meilleur accès.

J'effleurai les boucles de sa toison douce, descendis jusqu'à sa fente et sa vulve lisse. Elle ondula des hanches tandis que mes doigts faisaient le tour de son clitoris. J'enfonçai profondément un doigt. Putain, elle était chaude, humide et étroite. Les parois de son vagin se contractèrent, j'imaginais qu'elle étranglerait pratiquement ma bite quand elle sera enfin allongée sous moi.

Je n'aurais pas dû m'attendre à ce qu'elle soit passive, même pendant que je la caressais. Elle se donna à fond, glissa sa petite main devant mon uniforme et trouva mon membre en érection douloureux qui se languissait d'elle. Il n'y avait pas beaucoup de place, mais elle agrippa mon sexe et me branla en effectuant de vigoureux va et vient.

Je gémis contre sa poitrine et frappai ma main libre contre le mur près de sa tête, redressai le menton et la regardai.

Son sourire narquois donnait à penser que je ne parvenais pas à la faire jouir. Je la regardai attentivement en me retirant, puis glissai un autre doigt en elle, bien que ce soit extrêmement difficile vu qu'elle continuait à me caresser.

Nos respirations étaient haletantes. La sueur coulait sur mon front. Je n'avais pas prévu de la faire jouir de la sorte la première fois mais c'était torride. Intense.

— Alex, souffla-t-elle.

J'aimais ce surnom, j'aimais la façon dont il sonnait quand je la poussais au paroxysme du plaisir. Elle mouillait de plus en plus depuis que j'avais trouvé cette zone érogène, elle empoigna ma queue comme s'il s'agissait du joystick du *Valor*.

Un filet de liquide séminal s'échappa du gland. Mes couilles se contractèrent. Je n'allais pas tenir. J'attendais ce moment depuis trop longtemps. Elle incarnait *tout* ce dont je rêvais. J'en mourrais d'envie.

J'avais besoin d'elle. Sa caresse, son geste brutal.

Rien de doux ni d'attentionné.

Mais presque désespéré. Impossible de me retenir tandis qu'elle jouissait sur mes doigts, son vagin chaud et humide palpitait, je me pressai contre sa main et éjaculai abondamment dans sa paume.

Je grognai son prénom, me penchais et mordillai son cou alors qu'elle chevauchait ma main et accédait à l'orgasme.

Nous étions en sueur. Collants. Nos mains enduites de fluides. C'était parfait.

Quand je relevai finalement la tête et croisai son regard rassasié, j'acceptai mon destin complètement et entièrement. Elle m'appartenait. Je ne l'abandonnerais jamais.

Jamais.

7

Jamie

S'ASSEOIR dans le cockpit du *Valor* s'apparentait à un rêve ou une hallucination, si bizarre que j'avais l'impression de vivre une expérience extra corporelle. Peut-être parce que j'étais avec Alex, à cause de ce qu'on avait fait en salle de contrôle... mon Dieu, ça avait été incroyable. Dingue.

On s'était tripotés et on avait pris notre pied comme des ados. Cette partie de caresses entre deux portes avait été plus torride que toutes les fois où j'avais baisé.

Ça avait pris du temps mais nous avions fini par nous séparer, lisser nos uniformes et trouver un robinet pour rincer nos mains. J'avais l'impression d'être une ado rebelle qui fouinait partout, c'était amusant. Nos mains se cherchaient constamment, j'adorais ça. Je n'avais jamais ressenti ça pour tous les mecs avec lesquels j'étais sortie. Je regardais Alex, j'avais envie *de lui*.

Il me ramena au vaisseau, sa main dans la mienne, et cette fois nous montâmes à bord.

Je faillis jouir à nouveau en m'emparant des commandes. C'était réel. Alex était réel. Tout ça... Vélérion. Je commençais à comprendre que c'était la réalité. Peut-être à cause d'Alex qui avait joui en gémissant dans ma main, les giclées chaudes étaient la preuve flagrante qu'il était aussi amoureux de moi que moi de lui.

Flagrante. Ah ! Comme son—

— Prête, Starfighter ? demanda-t-il.

— Je n'arrive pas à y croire. C'est exactement comme dans le jeu.

Me voilà assise dans le cockpit du *Valor*. Le siège était similaire à mon fauteuil de gamer mais en mieux. Il m'allait... comme un gant. Je regardai une main, ma main, toucher les écrans holographiques prouvant que le vaisseau avait le plein de carburant, était chargé d'armes et prêt à décoller.

Alex s'installa dans son siège à mes côtés et boucla son harnais.

— Attache ton harnais, Jamie. Ce n'est *pas* un jeu.

Sa voix était grave et assurée. La seule fois où il l'avait perdu, c'était sous ma caresse.

Mes doigts tremblaient d'excitation et de terreur alors que je passai le harnais sur mes épaules et m'installai dans le siège du pilote. C'était la seule chose que je n'avais pas faite dans le jeu, mais la sensation des sangles, la sécurité, était une promesse que je sentirais à chaque impulsion et chaque vol à bord de ce Starfighter réactif.

— Je n'arrive pas à y croire.

— Dois-je te ramener en salle des commandes pour t'en convaincre ?

La sonorité de mon rire résonnant dans le petit

espace me surprit. Ça ne me ressemblait pas. J'avais l'air folle de joie. Heureuse.

Libre.

Peut-être le contrecoup de l'orgasme. Peut-être grâce au mec sexy à mes côtés. Peut-être à cause de ce vaisseau. Un vrai vaisseau spatial, un vrai Starfighter.

Peut-être que je réfléchissais trop.

Je tirai le poste de commande vers l'avant, qui se verrouilla sur mes cuisses, la disposition des boutons du joystick et du pavé de commande était en tous points similaire à celle indiquée sur l'emballage du jeu vidéo sur Terre.

— Même les commandes sont identiques.

— Quel serait l'intérêt de former nos Starfighters à des systèmes de commande s'ils ne savent pas les utiliser ?

Je réfléchis un moment à la question en contemplant le joystick et le pavé de commande.

— Tu n'imagines même pas à quel point ça me fait bizarre.

La large main d'Alex surgit de nulle part et se posa sur les miennes, figées devant le joystick, apeurées à l'idée de toucher ce fichu truc. Je songeais à ce que ces doigts avaient fait il y a peu. Il n'était pas seulement doué pour piloter.

— Ces commandes feront décoller le *Valor*. Ce vaisseau est réel. Les armes sont réelles. Si tu n'es pas prête à effectuer ton premier vol, on peut reporter à une prochaine fois.

— Non. Allons-y. Je veux voir ce qu'il a dans le ventre.

J'appuyai ma tête en arrière contre le siège, comparable au toucher à du nubuck gris foncé.

Alex tendit la main et appuya sur un bouton des

commandes devant nous. Je souris comme la coque translucide du cockpit s'abaissait au-dessus de nos têtes sans un bruit. Je me calmai instantanément lorsque le matériau en fibres de carbone extraterrestre (dont était fait le vaisseau entier, et censé être beaucoup, beaucoup plus résistant que n'importe quel métal sur Terre) se referma sur nous. Une sensation extrêmement étrange et à la fois complètement familière.

Si un seul élément avait différé, j'aurais hésité. Mais je connaissais le moindre bouton et le moindre écran de cet appareil. Même le hangar abritant les vaisseaux était identique aux vidéos vues dans le jeu. Les symboles. Les uniformes. Les vaisseaux, les murs et les gens. Sauf la salle de contrôle. J'ignorais son existence. Si j'avais su...

Tout me semblait soudainement plus réel que tout ce que j'avais vécu dans ma vie. J'avais passé des centaines d'heures à jouer à ce jeu en compagnie d'Alex. Je levai nos mains jointes vers mes lèvres et embrassai ses doigts.

— Je veux voler, Alex.

Il sourit comme si je venais de faire de lui l'homme le plus heureux de la base. Peut-être bien. C'était *vraiment* le cas ultérieurement.

— Très bien, Starfighter, je vais contacter le poste de contrôle et demander l'autorisation de décoller.

— D'accord.

Un seul mot et il était prêt à passer à l'action.

— Poste de contrôle Hangar 4, le Starfighter *Valor* demande l'autorisation de décoller.

Une voix inconnue nous parvint via le système de communication et le haut-parleur du vaisseau, claire comme de l'eau de roche.

— *Valor*, ici Hangar 4. Vous êtes autorisés à décoller.

— La voie est libre ? Personne d'autre en vol ?

Je regardai Alex avec étonnement. D'habitude, dans le jeu, je devais esquiver d'autres Starfighters ou au moins une ou deux navettes lorsque je sortais de la base lunaire la première fois.

— La flotte des Ténèbres a attaqué lors de notre dernière orbite. Pendant que je te récupérais sur Terre. La position actuelle du champ d'astéroïdes nous offre une certaine protection. La flotte de la Reine Raya n'aime pas attaquer lorsque les planètes sont dans cet alignement, ils se retrouveraient piégés de ce côté-ci de la ceinture d'astéroïdes. On devrait avoir quelques jours pour s'entraîner, avant qu'ils n'attaquent à nouveau.

— Attends. Ils ont attaqué la nuit dernière ? Et tu m'as laissé dormir ? Tu nous as emmenés dans cette pièce et...

Il leva une main.

— L'attaque a eu lieu lorsque nous étions encore sur Terre. Leurs attaques et tentatives d'intimidation sont malheureusement récurrentes.

Il fronça les sourcils.

— Ils aiment nous rappeler qui est le gagnant de cette guerre.

Je fronçai les sourcils à mon tour. Comment la flotte des Ténèbres osait penser gagner ! J'étais impliquée, je me sentais concernée. J'étais ici, prête à botter le cul de la Reine Raya, et furieuse, j'avais l'impression d'avoir raté cette occasion.

— Je ne veux pas m'entraîner. Je préfère botter le cul de la flotte des Ténèbres.

Un sourire émailla lentement son visage.

— Je sais, ça prouve ton esprit combatif de Starfighter d'élite. Mais tu n'as pas encore piloté le *Valor* pour de vrai.

C'était logique. Vélérion en guerre se battait pour survivre. Si tout ce que j'avais vu et appris dans le jeu était vrai, et il semblait de plus en plus que ce soit le cas, la planète serait détruite si Vélérion ne tenait pas bon. Nous serions *tués*.

Et d'après ce qu'Alex m'avait dit, la Reine Raya n'en resterait pas là. La Terre serait la prochaine sur sa liste.

— Ok. Allons faire un tour.

— D'accord, répondit-il.

Je m'installai dans mon siège et posai les mains sur les commandes, le bout de mes doigts effectuait les vérifications avant le vol comme je l'avais fait des milliers de fois, ce qui était effectivement le cas. Une fois assurée que tout soit prêt, je jetai un coup d'œil à Alex qui acquiesça.

Un frisson me parcourut lorsque je parlais dans mon casque pour la première fois.

— Hangar 4, ici le *Valor*. Paré au décollage.

— Paré au décollage, *Valor*. Confirmé.

Alex me regardait d'un air qui me donnait à la fois envie de l'enlacer, l'embrasser et sautiller comme une gamine de cinq ans.

— Prête ?

Ça y est. L'heure était enfin *venue*. Un moment que j'imaginais depuis longtemps.

— Prête.

Il se tourna vers ses propres commandes, sa voix était sérieuse alors qu'il vérifiait ses commandes et m'en rendait compte, comme dans le jeu.

— Armes, prêtes. Ciblage, prêt. Bouclier, prêt. Système de survie, navigation et tous les systèmes secondaires au taquet.

— Et toi ? demandai-je.

C'était sûrement surréaliste pour lui aussi, non ?

Il dut percevoir quelque chose d'étrange dans ma voix car il releva la tête et se tourna pour me regarder.

— Je t'attends depuis des mois, Jamie. J'irai où tu iras. Je jouis quand tu jouis.

Je rougis violemment et m'agitai sur mon siège devant la chaleur et l'intensité de son regard. Mon compagnon possessif était on ne peut plus sincère.

Le vaisseau s'ébranla sous nos pieds tandis que des engins de transport semblables à des remorqueurs robotisés sur roues, soutenaient le *Valor* et nous mettaient en position sur l'une des rampes de lancement, face à un long tunnel tout droit faisant office de sortie. Les tunnels de lancement individuels, plus faciles à camoufler de l'extérieur, permettaient d'éviter les accidents inutiles lors du décollage simultané de plusieurs vaisseaux. J'avais un peu l'impression de sortir d'un tunnel de *Battlestar Galactica*[1], des lumières étranges se déplaçaient sur le flan du vaisseau tandis que nous étions poussés vers l'avant pour nous mettre en position.

— *Valor*, initialisation de la séquence de décollage.

— Initialisation de la séquence de lancement confirmée.

Je passai du joystick et la manette à l'écran tactile plat brillant au niveau de mon épaule, juste devant moi. Les commandes dédiées au combat et au vol se trouvaient pratiquement sur mes genoux mais le menu de contrôle complet du vaisseau s'affichait sur l'écran tactile pour d'autres tâches moins pressantes. En cas d'urgence, je pouvais cliquer dessus à l'aide de mon joystick et ma manette, mais je n'avais pas besoin de le faire.

Mais je pouvais le faire si *nécessaire*. Une mission entière dans le jeu, je jetai un coup d'œil à Alex, dans le *programme d'entraînement*, consistait à maîtriser chaque commande et mécanisme de contrôle du vaisseau, y compris ceux qu'Alex utilisait depuis son siège de copilote. Pire encore, je devais le faire avec le casque d'urgence verrouillé. Le casque partie intégrante de la combinaison de vol ne s'activait qu'en cas d'urgence.

Cette mission stupide m'avait pris deux semaines de jeu obsessionnel et acharné. J'avais abandonné rageusement plus d'une fois, la tâche me paraissant impossible à ce moment-là. Mais maintenant, j'étais reconnaissante pour l'acharnement et le temps passé à apprendre comment utiliser le vaisseau sur le bout des doigts, même si quelque chose était endommagé ou ne fonctionnait pas correctement.

Je connaissais ce vaisseau de A à Z. Même la minuscule zone derrière nous équipée de strapontins m'était familière. Lors d'une mission, j'avais dû récupérer trois négociants en détresse et les entasser dans cet espace guère plus grand que la cabine d'un pick-up, avec une ceinture de sécurité en moins. Le vaisseau tout entier n'était pas beaucoup plus grand qu'un jet privé, mais le moteur et les armes occupaient la majeure partie de l'espace. L'intérieur était des plus spartiate. Deux sièges de pilotes de teinte foncée côte à côte, et suffisamment de place pour deux passagers adultes, trois enfants, ou quelques accessoires à l'arrière.

C'était un appareil à courte portée, pas une navette ou un avion-cargo.

— *Valor*, paré au lancement dans trois...

Je me tortillais sur mon siège. Putain de merde.

— Deux...

Je rebondissais maintenant, trop excitée pour rester en place. Un rapide coup d'œil à Alex me montra qu'il me regardait et souriait, semblable à un chat ayant croqué un canari.

— Un... Go.

Je poussai la manette d'un geste du poignet, le vaisseau partit comme une balle jaillie d'un fusil. J'avais l'impression d'être une balle moi aussi, l'accélération me cloua au siège.

C'était pas prévu dans le jeu.

Mon Dieu, les vibrations, le bruit, le bourdonnement... le mec à côté de moi...

L'armure de ma combinaison de vol était reliée d'une manière ou d'une autre au système de contrôle du vaisseau, la combinaison pressurisée me moula étroitement des orteils aux épaules dès que nous commençâmes à bouger. Heureusement, sinon tout le sang de mon corps se serait précipité vers mes pieds et mes jambes, je me serais évanouie.

Nous encaissions de sacrés poussées. Des poussées dignes de montagnes russes fois dix.

— Woohoo !

Je poussai un cri puis un hurlement alors que le *Valor* descendait la rampe de lancement et s'envolait dans l'espace.

Le silence.

L'obscurité.

Des milliards d'étoiles étincelantes sur un ciel noir d'encre.

— Putain de merde.

Ma poitrine se contractait sous la pression, j'avais du mal à respirer. C'était réel. L'espace. Les extraterrestres. J'étais aux commandes d'un Starfighter, assise à côté d'Alexius de Vélérion, avec une vraie planète, des milliards de personnes comptaient sur moi. Moi ! La fille d'une ivrogne, sans père, diplômée du lycée, pour les sauver. Tout simplement pour avoir excellé à un jeu vidéo. Et pourtant... *ce n'était pas un jeu.*

— Oh mon Dieu.

— Votre rythme cardiaque est élevé, Starfighter *Valor*. Avez-vous besoin d'aide ?

La voix de l'opératrice de contrôle de la rampe de lancement du Hangar 4 interrompit ma crise d'angoisse.

Je pris une profonde inspiration et lâchai.

— Non. J'ai juste besoin d'un temps d'adaptation.

Elle gloussa. Je l'entendis, je savais qu'elle avait laissé son appareil activé exprès.

— Compris. Bienvenue sur Arturri. Profitez du voyage. C'est une belle nuit.

— La nuit ?

Je me tournais vers Alex qui m'indiqua sa droite du doigt.

— Nous sommes sur la face cachée de Vélérion en ce moment. Véga atteindra l'horizon dans quelques minutes si tu veux assister à ton premier lever de soleil depuis l'espace.

Oui ou non ?

— Oui.

Je voulais faire une douzaine de choses différentes, mais voir le soleil se lever sur un nouveau monde avec l'homme le plus sexy qui m'avait procuré le meilleur orgasme de toute ma vie à mes côtés ? Carrément.

Impossible de la manquer maintenant que je regardais, la grosse planète juste en dessous emplissait mon écran de navigation. J'orientai notre vaisseau vers le nouveau monde et avançai dans la direction indiquée par Alex.

— Ralentis. Ne t'approche pas trop près.

Je fis ce qu'il demandait et nous maintins en position à mi-chemin entre la base lunaire et la surface de la planète, rectifiant ma trajectoire au fur et à mesure que la planète se déplaçait autour de son étoile.

— C'est comment, là-bas ?

Alex contempla sa planète natale,

— Paisible. Magnifique.

Il détourna la tête et montra du doigt.

— Regarde.

J'eus le souffle coupé en voyant Véga, l'étoile de Vélérion, surgir à l'horizon. D'ici, l'étoile qui se déplaçait rapidement nous enveloppa d'une lumière éclatante en quelques instants. Mais la vue sur Vélérion était plus spectaculaire encore.

Des nuages blancs tourbillonnants. Des mers couleur turquoise, la mer bleu plus foncé vers ce que je supposais être les pôles nord et sud. La planète en dessous ressemblait à la Terre. Du vert. Du brun avec des déserts de sable. Les formes des continents ne collaient pas mais je les reconnaissais quand même. Je les avais déjà vus dans le jeu.

— Vélérion est magnifique.

— Oui. Notre peuple est pacifique. Nous devons arrêter la Reine Raya à tout prix.

Histoire de pourrir l'ambiance.

Plusieurs minutes s'écoulèrent alors que nous étions en vol stationnaire, j'ouvrais grand les yeux. La planète. Leur étoile, Véga. Des milliards et des milliards d'étoiles dans un océan noir infini. J'étais vraiment, vraiment, vraiment dans l'espace maintenant. À l'intérieur d'un petit vaisseau pas beaucoup plus grand que la vieille caravane déglinguée de ma mère.

Bon Dieu. Qu'est-ce que je faisais là ?

— Prête à voir ce que le *Valor* a dans le ventre ? demanda-t-il.

Un sourire émailla instantanément mon visage. Je sautai sur l'occasion avant de ressentir une quelconque nostalgie pour un endroit où je ne m'étais jamais vraiment sentie chez moi.

— Tu oses me poser la question ?

— Quoi ?

— Laisse tomber.

Je tirai sur le manche pour nous éloigner de la planète.

— File-moi les coordonnées, Alex. J'ai vraiment besoin de sentir la sensation de vitesse.

Il ne cilla même à la référence du film *Top Gun*. Il aurait probablement fait les gros yeux et rigolé en l'apprenant.

— Le *Valor* est un Starfighter d'élite de classe zéro-un-zéro-un. Le vaisseau le plus récent que nous ayons. Sa vitesse de combat maximale équivaut à la moitié de la vitesse de la lumière.

Il semblait fier de ces caractéristiques.

— Les trajets à courte distance flirtent avec la vitesse de la lumière, mais nous ne pouvons pas aller loin. C'est pourquoi les Starfighters ont besoin d'une base à proximité.

— Pourquoi les combattants Scythe de la Reine Raya n'attaquent pas quotidiennement ? Ce sont aussi des appareils à courte portée ?

— Correct.

— On va plus vite que Mach 1 ?

— Je ne comprends pas ce terme.

— Plus rapide que le son ? On est plus rapide que la vitesse du son ?

Il me regarda en clignant des yeux, comme perplexe.

— Beaucoup, beaucoup plus rapides.

J'avais envie de lever le poing en signe d'excitation mais j'étais une adulte, pas une gamine de huit ans.

— Les coordonnées, mon beau copilote ?

Il me dévisagea. Plus longuement cette fois-ci.

— Tu te sens bien ?

L'éclat de rire me prit par surprise. Ma vie avait changé dans une salle de contrôle grâce à l'extraterrestre le plus sexy que j'aie jamais rencontré. J'avais eu un orgasme, merci beaucoup. Lui aussi. Cerise sur le gâteau, je pilotais le vaisseau de mes rêves en ce moment même. Pour de vrai.

— Parfaitement bien. Allons-y.

Alex balança les coordonnées sur mon écran de contrôle d'un air inquiet et je décollai littéralement comme une fusée.

A. Pleine. Vitesse.

— Whooooo !

Un cri de joie indicible qui venait du cœur, aller « beaucoup, beaucoup plus vite » que la vitesse du son me plaquait au siège. C'était la liberté. C'était un rêve. C'était tellement parfait que je sentis les larmes me monter aux yeux alors que je manœuvrais mon vaisseau comme si je l'avais piloté des milliers de fois.

Parce que c'était le cas. Jusqu'au bruit des moteurs et le doux murmure de ma respiration dans mon casque. Tout m'était agréable et familier. C'était si facile. Je pilotais le vaisseau, vérifiais les commandes, surveillais le niveau de carburant et gardais un œil sur mes scanners, guettant les vaisseaux ennemis sans même y penser.

Nous arrivâmes en quelques minutes au petit amas de débris spatiaux indiqué par Alex, je décélérais pour nous mettre en orbite synchrone avec le rocher géant devant moi. Il ressemblait vraiment à une petite planète. Peut-être une planète naine ?

— C'était incroyable.

Chaque cellule de mon corps pétillait de vie, d'enthousiasme et de nouvelles perspectives. Je n'avais pas été aussi heureuse depuis mon enfance. Bon sang, même pas à l'époque, pas avec une mère alcoolique et un père absent. Je savais que je n'aurais pas le même avenir que les autres enfants. Mais voilà où j'étais arrivée. Putain de merde, regardez-moi ça. Dans l'espace. Dans un Starfighter construit et baptisé pour moi. Moi !

Avec Alex à mes côté. Mon mec à moi. A MOI !

— Et maintenant ? demandai-je. Je ne veux pas rentrer immédiatement.

Alex sourit. Enfin. Ça le changeait. Il était plus sexy que jamais et… heureux.

— Ça ne m'étonne pas. Ton talent est indéniable. Tu es bel et bien une Starfighter d'élite.

Mon doigt se crispa sur la gâchette en voyant le champ de débris flotter devant nous.

— On peut atomiser ces trucs ? Juste un tout petit ?

Le sourire s'évanouit.

— Absolument pas.

Je fis semblant de bouder.

— Pourquoi pas ?

Il rit mais répondit à ma question.

— Faire exploser un de ces amas compacts pourrait envoyer un fragment sur Vélérion et provoquer un impact énorme.

J'écarquillai les yeux à l'idée.

— Ce serait une très mauvaise idée.

Il rit plus fort.

— Oui, ma chérie, une très mauvaise idée.

Je haussai les épaules.

— Ok, on ne va pas créer d'Armageddon. Comment suis-je censée m'entraîner ?

Il haussa un sourcil brun et m'observa.

— Tu as besoin de t'entraîner ?

Merde. La question à un million de dollars.

— Non. Mon taux de précision est supérieur à quatre-vingt-dix-huit pour cent dans le j— euh, *à l'entraînement*.

— On devrait retourner à la base, répondit-il, tu carbures à l'adrénaline. Quand la pression retombera, tu rêveras d'un bon plat chaud et un lit douillet.

— Et de toi.

Mes paroles devancèrent ma pensée. Je me mordis la lèvre et rougis.

Toute hilarité disparut de ses yeux tandis que nous nous regardions par-dessus le pupitre de commandes qui séparait nos deux sièges de pilote. Il plissa les yeux, tout excité.

— On peut y remédier, ma Jamie.

Un signal d'alarme retentit, la couleur intérieure du cockpit vira au rouge. Le bruit était familier mais j'ignorais la signification de la lumière rouge. Ou que sa couleur soit synonyme de tension et urgence.

— Putain, jura Alex entre ses dents.

Mon cœur s'emballa, *la situation* était extrêmement tendue.

— Ici l'Avant-poste Gamma 4. Nous sommes attaqués. Je répète, ici l'Avant-poste Gamma 4, nous sommes attaqués.

---

1. NdT : série télévisée de science-fiction

8

Jamie

J'ENTENDIS dans mon casque la même voix féminine qui m'avait guidé hors du hangar de lancement à la base.

— Gamma 4, ici Arturri. Quel est votre statut ? Combien de vaisseaux voyez-vous sur les scanners ?

Je jetai un coup d'œil à Alex pendant que nous écoutions. Il s'était mis automatiquement en mode combat, c'était du sérieux.

— Vélérion, ici Gamma 4. Mise à jour du statut, le bouclier tient bon mais efficacité réduite à trente-deux pour cent. Ils brouillent nos scanners. Nous avons la confirmation visuelle de trois vaisseaux de chasse Scythe. Je répète, uniquement en visuel. Je confirme, trois vaisseaux de chasse Scythe.

— Gamma 4, ici Vélérion. Confirmé, trois vaisseaux de chasse Scythe.

Un gros boom retentit via le système de communication, je tressaillis comme si les roches et les débris avaient explosé à l'intérieur de mon casque.

— Je croyais que tu avais dit que nous étions hors de portée d'attaque à cause de l'orbite de Vélérion ! je hurlai pratiquement sur Alex.

— Gamma 4, ici Vélérion. Nous envoyons un Starfighter. Arrivée estimée dans quinze minutes.

— Nous sommes hors de portée, répondit Alex, ce qui signifiait que l'ennemi se comportait de façon imprévue. Ils ne devraient pas nous attaquer maintenant.

— C'est Gamma 4. Nous serons morts d'ici là. Boucliers à cinq pour cent. Il y a des enfants ici.

Des enfants ? Il y avait des enfants sur Gamma 4 ?

— C'est quoi Gamma 4 ? demandai-je.

Alex fit apparaître un schéma de la structure sur un écran devant nous, et j'essayai de comprendre les multiples couches d'images tridimensionnelles. Je n'étais pas architecte mais cela ressemblait à une gigantesque usine.

— Gamma 4 est une usine de production de moteurs de navettes et composants de blindage pour toute notre flotte. C'est une petite base cachée qui emploie un peu plus d'une centaine de personnes. Elle n'a jamais été attaquée auparavant. Elle est trop éloignée de la flotte de la Reine Raya, son emplacement exact est top secret.

— Plus maintenant, apparemment.

Je basculai les coordonnées dans mon système.

— Nous ne sommes plus qu'à trois minutes.

— Il y a trois vaisseaux de chasse Scythe, Jamie.

Je me moquais de lui et indiquais notre itinéraire dans la lueur rouge.

— Arrête un peu. J'ai éliminé une flotte de dix avions

de chasse lors de la mission Lunes de la Menace. Dix. Trois, c'est rien.

J'accélérai et nous fit avancer à pleine vitesse en quelques secondes.

— Et il y a des gosses là-bas. Personne ne tue d'enfants. Hors de question.

Alex ne rétorqua pas et se borna à activer son arsenal d'armes tandis que je faisais de même. Il s'occuperait des missiles lourds et des projectiles pendant que j'actionnerais les canons laser à visée rapide et les perturbateurs de sonar.

Inutile de perdre du temps avec le brouillage des capteurs, Gamma 4 avait signalé que les vaisseaux Scythe de la flotte des Ténèbres avaient déjà activé leurs systèmes de brouillage.

Leurs brouilleurs cacheraient complètement notre approche jusqu'à ce qu'il soit trop tard.

Tuer des enfants.

Non mais on voyait ça où ?

— Oh, on va les fumer.

Personne ne m'avait jamais protégée quand j'étais jeune. Bon sang, c'était pas maintenant que ça allait commencé. Je bossais. Je payais mes factures. Je prenais soin de ma personne. Ce qui faisait de moi un individu plus déterminé que jamais à protéger tous les enfants qui en avaient besoin. J'avais eu quelques engueulades dans des parcs avec des mères qui ne faisaient pas attention à leurs gamins. J'avais même failli en venir aux mains dans une aire de jeux lorsqu'un groupe d'enfants plus âgés s'en était pris à un garçonnet de deux ans et que les parents n'avaient rien fait. Qu'on s'en prenne à un enfant avait le don de me mettre en rogne. Ou un chien. Ou des chatons. Ou...

Merde. Je détestais les brutes épaisses.

Je décrivis un arc de cercle autour de l'astéroïde le plus proche et me pointai derrière l'astéroïde suivant qui abritait l'usine de production de Gamma 4 sur mes cartes. Un déclic se produisit alors que nous approchions.

— C'est la Passerelle 4, dans le jeu, dis-je, je veux dire, lors de la simulation d'entraînement.

Alex secoua la tête.

— Gamma 4. Il n'y a pas de Passerelle 4 dans la simulation d'entraînement.

— Si, il y en a une. Je l'ai déjà vue.

Je connaissais chaque coin et recoin, chaque affleurement de roche et les formes des aspérités à la surface de l'astéroïde.

— J'ai déjà vu ça. A l'entraînement. Mais ça s'appelait Passerelle 4. Je devais voler jusque-là et récupérer un scientifique kidnappé, avant que les méchants ne l'emmènent via téléportation.

Alex secoua la tête.

— Non. C'est une usine de production. Verrouillage des missiles activé.

Bien. Retournons à nos moutons. Mais je connaissais ce bout de caillou puisque j'avais vu exactement tous les détails pendant que je jouais, je savais comment attaquer ces combattants Scythe.

— Je vais me propulser au-dessus de la base et leur tomber dessus par le haut. Le temps qu'ils nous voient, il sera trop tard.

Un vaisseau Scythe surgit droit devant nous pendant que je parlais.

Mon doigt déclencha les canons laser avant même de m'apercevoir de la présence du vaisseau.

Il avait disparu au bout de quelques secondes, mon

Starfighter traversa le champ de débris telle une balle dans un nuage de paillettes. Je ne cillai pas et respirai à peine.

— Un de moins, plus que deux.

Alex grogna.

— Seulement en visuel. Il pourrait y en avoir d'autres.

Super. Je ne le dis pas à haute voix mais le pensais très fort. Tuer des bébés n'était *pas cool.* J'étais en mode pilote automatique maintenant, les heures et les heures passées sur le fauteuil gamer faisaient de chaque décision et chaque mouvement de mon corps un réflexe, plutôt qu'un plan bien réfléchi. Le pouls qui s'emballait et la montée d'adrénaline ? Des sensations là aussi hyper familières. Inutile de cogiter, ce qui était positif. Tout ce que j'avais à faire était chasser, et le *Valor* était un excellent vaisseau de chasse.

Notre vaisseau quitta le champ de débris, je pris un virage en piqué à quatre-vingt-dix degrés en effectuant simultanément un scan visuel des vaisseaux Scythe.

— Vélérion, ici Gamma 4. Boucliers en panne. Je répète, boucliers en panne.

— Gamma 4, ici Vélérion. Compris. Boucliers en panne. Commencez le verrouillage.

— Ici Gamma 4. Ordre de verrouillage reçu.

Aucune réponse de l'homme paniqué qui informait sa planète natale de l'attaque de sa base. Je n'avais pas songé à faire un rapport à Vélérion ou Gamma 4 jusqu'à maintenant, ce qui était stupide, j'ouvris par conséquent un canal de communication.

Qu'Alex referma immédiatement.

— Non. Pas de communication. On perdrait le facteur de surprise.

— Mais ils croient qu'ils vont mourir.

— Laisse-les. Si tu communiques, les combattants Scythe risquent d'identifier notre canal et nous localiser grâce à leurs brouilleurs.

Je n'avais rien utilisé d'autre hormis les communications laser à visibilité directe entre vaisseaux dans le jeu. C'était différent mais logique.

— Bien. On y va tranquillement et on les élimine.

— D'accord.

— La cible est à moi.

Les paroles jaillirent automatiquement et je me raclais la gorge.

— J'ai déjà entendu ça, dit Alex.

J'avais enregistré cette commande dans le jeu, celle-là et une centaine d'autres. Tout comme lui. Je connaissais sa voix. Apparemment, il connaissait aussi la mienne.

L'écran en face de moi affichait une grande grille carrée correspondant habituellement à mon champ de vision réel. Ce carré était ma cible. Je pouvais toucher tout ce que je voyais avec mes canons laser.

Le reste incombait à Alex, à lui de nous en débarrasser ou leur coller aux basques jusqu'à ce que je m'occupe de la menace immédiate devant nous. Les systèmes de brouillage perfectionnés dont étaient équipés la plupart des vaisseaux de combat, rendaient les scanners et systèmes de repérage inutiles lors de la bataille. Invisibles à l'œil nu équivalait à impossible à abattre.

J'achevai le virage du vaisseau, nous nous dirigions vers le haut, à la fois par rapport à la petite section de la base affleurant la surface rocheuse de l'astéroïde et vis à vis des deux appareils Scythe alignés en vue d'effectuer leurs tirs mortels.

— Maintenant !

Je poussai instantanément le vaisseau à la vitesse

maximale, les canons laser canardaient le vaisseau directement face à moi. Je faisais confiance à Alex pour s'en occuper. Ce qu'il fit en envoyant un missile à courte portée guidé manuellement, quelques secondes après que mon canon laser ait transformé l'avion de chasse Scythe ciblé en débris dans l'espace.

Les trois avions de chasse Scythe détruits, j'opérai un demi-tour avec le *Valor*, me dirigeai vers le hangar de Gamma 4 et établis la communication.

— Gamma 4, ici le Starfighter *Valor*. Les avions de chasse Scythe ont été détruits. Je répète, les avions de chasse Scythe ont été détruits.

J'attendis, m'attendant à un tonnerre d'applaudissements. Rien.

— Gamma 4, ici le Starfighter *Valor*. Vous me recevez ?

Toujours rien. Merde.

— Pourquoi ne répondent-ils pas ? demandai-je à Alex.

Il ne leva pas les yeux, vérifia l'affichage sur ses écrans.

— Le signal de brouillage est toujours activé.
— Comment est-ce possible ?

A moins que...

Une explosion ébranla l'arrière du vaisseau et je vérifiai mes écrans.

— Nous sommes touchés. Ils ont pété le pupitre de contrôle de nos missiles arrière.

Une alarme sonore retentit, Alex appuya sur un bouton pour l'éteindre et passa immédiatement les données critiques en revue. Armes restantes. Système de survie.

Je regardai mes moteurs. Je pouvais voler. Je contrôlais encore mon engin. Ceux qui venaient de nous tirer dessus avait eu leur seule et unique chance.

Et ils l'avaient ratée.

— Verrouille tout ce dont nous n'avons pas besoin. Je m'en charge.

Déjà en manœuvre d'évitement, je fis pivoter le *Valor* et tombait sur une navette chargée de missiles filant droit sur nous.

— Ils ont verrouillé la cible.

— Je croyais que tu avais dit que leurs brouilleurs étaient toujours activés.

— Je suppose qu'ils les ont désactivés pour essayer de nous abattre.

— Merde.

— J'ai verrouillé la cible.

— Non. Brouille-les. Je les éliminerai.

Alex activa notre système de brouillage pendant que je faisais faire une descente en piqué au *Valor* pour l'éloigner de la navette et ses missiles.

— Ce truc a des canons laser ? demandai-je.

— Aucune idée.

— Super.

Alors que nous virions de bord, le missile qu'ils avaient tiré nous manqua et explosa sur la surface rocheuse de l'astéroïde, juste au-dessus de la base Gamma 4.

— C'est quoi ça ?

— On dirait une navette avec des missiles.

Génial.

— Je vois. Je n'ai jamais vu ça dans le jeu.

— Simulation d'entraînement, rétorqua-t-il en grommelant. Je n'en ai jamais vu non plus.

Poussant le *Valor* à une vitesse vertigineuse, je nous fis

faire demi-tour et me pointai à l'arrière de la navette, mon doigt me démangeait d'activer les canons laser et les éliminer. Mais il ne s'agissait pas d'un avion de chasse Scythe mais d'une navette.

— Combien de personnes sont à bord de ce truc ?

— Aucune idée.

— Je vais formuler ma question autrement. Cette navette peut transporter combien de personnes ?

Il me jeta un regard puis zieuta vers le haut via le couvercle translucide du cockpit, afin d'examiner le vaisseau.

— Vingt. Peut-être trente.

J'hésitai deux, peut-être trois secondes, avant de prendre une décision.

— Leurs missiles sont dirigés vers la base, dit Alex.

Il y avait des enfants sur cette base.

J'appuyai sur la gâchette de mon manche et quatre canons laser, deux montés sous chacune des ailes du *Valor*, frappèrent la navette simultanément. Elle explosa en centaines de débris incandescents, décimée par mon attaque.

— Combien de personnes je viens de tuer ?

Alex soupira, s'il avait vraiment piloté toutes ces simulations de jeu, d'entraînement pardon, avec moi, il saurait que je ne laisserais pas tomber.

— Disons environ une trentaine. Trois par avion de chasse Scythe, soit neuf, et environ vingt sur la navette modifiée. Mais il est possible que je me trompe un peu dans le compte.

— Je viens de tuer trente personnes.

Ce n'était pas une question.

— Non. On vient de sauver plus de cent vies civiles.

Ce calcul ne me convenait pas. Logiquement, tout

allait bien. Mais j'avais l'âme en peine. J'étais une tueuse maintenant. J'avais. Tué.

Mon cœur sombra avec la décharge d'adrénaline. Alex m'avait rabâché la même chose mais c'était la première fois que je comprenais réellement.

Ce n'était absolument, franchement *pas* un jeu. Qu'est-ce que j'avais fait ?

9

Alex, base des Starfighters sur la lune Arturri

Le vaisseau en mode pilote automatique se fraya un passage par la dernière grille, le soupir poussé par Jamie faisait exactement écho à mes pensées.

Quel cauchemar. Une confrontation et un combat inattendus avec la flotte des Ténèbres.

Pour son premier jour. J'avais espéré la ménager lors d'une bataille mais ça se passait toujours comme ça avec la Reine Raya. Merde.

Jamie avait été si heureuse et enthousiaste en découvrant le vaisseau. Elle s'était jetée dans mes bras et je l'avais entraînée dans la salle de contrôle pour avoir un aperçu de ce que pourrait être notre avenir. Empreint de confiance. De passion. Un vrai partenariat.

Après, lorsque nous avions fait décoller le Starfighter, elle avait souri en voyant ma planète natale tourner sous nos pieds, la joie sur son visage la rendait radieuse. Une beauté stupéfiante. J'avais envie d'elle plus que jamais rien qu'en la regardant, assez pour me mettre à genoux.

Puis, l'attaque des vaisseaux Scythe avait annihilé toute trace de bonheur en elle. Plus question de se demander si c'était réel ou pas maintenant. Notre rôle dans cette guerre était dévastateur et dangereux. Les dommages subis par le *Valor* en étaient la preuve. La moitié de tout un morceau du système d'armement arrière manquait, le pupitre de contrôle se réduisait à des restes calcinés. Le couvercle du cockpit avait été endommagé lors de notre impact à grande vitesse avec les débris du premier vaisseau détruit par Jamie, les fissures n'étaient pas assez profondes pour nous tuer mais suffisantes pour que la partie supérieure entière doive être remplacée. L'alimentation du canon laser était réduite de cinquante pour cent et les missiles situés à l'avant avaient disparu. Il faudrait les remplacer immédiatement. Je constatai malheureusement en inspectant la partie inférieure des ailes que deux supports de fixation avaient également été endommagés.

La meilleure équipe de mécaniciens de la base aurait besoin de plusieurs heures pour réparer les dégâts mineurs. Je n'avais aucune idée du temps que prendrait la réparation du système de contrôle les armes.

Un jour entier ? Deux jours ?

J'avais fait le tour du vaisseau pour inspecter les dégâts pendant que Jamie restait dans le siège du pilote, le regard absent. Je n'avais pas remarqué sa détresse.

Quel genre de compagnon étais-je donc ? Avoir rencontré ma compagne par le biais d'une formation, que la seule raison de sa venue sur Vélérion soit liée à ses prouesses au combat me mettait hors de moi. J'avais intentionnellement arraché ma compagne à sa planète natale pour m'aider à combattre dans ma guerre, pour mon peuple. Elle était belle et douce, et je lui faisais affronter la mort. Je la regardais tuer à mes côtés.

Je voulais qu'elle tue. J'étais ravi et fier de son talent. Je n'avais pas réfléchi à ce que cela impliquait pour elle. Elle avait joué à un jeu, elle n'était pas entraînée au combat comme moi.

— Jamie ?

Elle s'extirpa de notre vaisseau, comme sonnée, et je levai la main pour l'aider à descendre les marches rétractables. Elle ne paraissait pas me voir bien qu'elle ait placé sa paume dans la mienne, si absorbée dans ses pensées qu'on l'aurait crue sur une autre planète.

Elle voulait peut-être retourner sur Terre. Peut-être avait-elle changé d'avis et souhaitait que je la ramène. J'avais promis de le faire, ce qui n'était de bon augure ni pour moi, ni pour Vélérion.

— Jamie ?

Je l'appelai à nouveau doucement par son prénom. La bataille spatiale avait dégénéré en véritable assaut. Elle n'avait pas besoin de plus venant de moi.

— Quoi ?

Elle regardait ses mains, les tournait dans tous les sens comme si elle examinait une blessure.

— Ça va ?

Je posai ma main sur son épaule et la sentis parcourue d'un frisson.

Cela attira enfin son attention. Elle retira son casque et je fis de même en attendant sa réponse.

— Non. Non ça ne va pas.

Elle leva les yeux au moment-même où nous entendîmes un groupe de personnes avancer dans le hangar, leurs cris excités nous parvinrent bien avant qu'ils ne couvrent la distance. Elle regarda deux techniciens de maintenance courir vers nous pour prendre nos casques d'un œil circonspect. Ils seraient nettoyés, inspectés et remis dans notre vaisseau sous l'heure au cas où nous devrions ressortir. J'examinais les zones endommagées de notre vaisseau ayant subi des explosions.

— Comment font les soldats ? demanda-t-elle sans me regarder.

— Quoi, exactement ? demandai-je. Sauver des vies ? Se battre pour ceux qu'ils aiment ? Protéger ceux qui ne peuvent pas se protéger eux-mêmes ?

— Tuer.

Elle baissa ses mains le long de son corps et me regarda avec une tristesse que je me souvins avoir ressentie il y a fort longtemps.

— Je ne suis pas un soldat, Alex. Je suis chauffeur-livreur. Je sais que ce n'est pas un jeu, pas après ça mais j'ai joué à votre programme d'entraînement en tant que jeu vidéo. Je suis devenue forte parce que c'était amusant, pas parce que j'essayais de sauver une planète et ses habitants.

Je l'attirai vers moi et poussai un soupir de soulagement en voyant qu'elle ne me repoussait pas. Je la serrai contre moi et embrassai sa tête. Elle était douce et chaude, je sentais sa respiration, bien vivante. Elle était dans mes bras et c'est tout ce dont elle avait besoin.

— Ça, dis-je en la serrant contre moi, toi et moi. Peu importe ce que tu penses, nous ne sommes pas un jeu. Jamais.

Elle hocha la tête et colla son front contre ma poitrine. Putain, la tenir dans mes bras était tout ce dont j'avais besoin. Combattre la flotte des Ténèbres n'avait jamais pesé aussi lourd sur ma poitrine auparavant.

J'avais ressenti ce besoin croissant de trouver le traître en bossant comme agent double sur l'Astéroïde Syrax, mais c'était bien plus intense avec Jamie, risquer de la perdre était bien plus douloureux que tout ce que j'avais affronté depuis la mort de mon frère.

— Tu es une Starfighter d'élite, ma chérie, lui rappelai-je, nous étions ensemble sur le *Valor*. Nous formons une équipe. Tu n'es pas toute seule.

Moi, je ne serais plus jamais seul.

Des gens s'approchaient, au moins vingt membres de l'équipage de la base Arturri formèrent un cercle autour de nous, désireux de partager leur fierté vu notre succès.

Jamie n'avait aucune idée de ce qu'elle représentait pour tout le monde sur cette base lunaire et la planète entière. Elle incarnait l'espoir. La protection. La force.

— Jamie, nous avons un comité d'accueil, murmurai-je à son oreille.

Elle ouvrit les yeux et leva la tête afin de regarder autour d'elle. Le sourire timide qui s'épanouit sur son visage était tout ce dont Gus et Ry avaient besoin pour sauter de joie.

— Jamie ! Bon sang tu es incroyable. Trois vaisseaux de chasse Scythe et une navette pour ton premier combat ? Tu as sauvé Gamma 4. On est hyper fiers de toi !

Gustar l'attira vers lui pour la serrer dans ses bras, rapidement rejoint par Ryziz. Sur ce, tout le monde fit un grand cercle, tous se prirent dans les bras les uns des autres, Jamie et moi étions au centre de cette attaque fraternelle. Ils criaient, chantaient et sautaient comme des dingues, certains scandaient :

— *Terre ! Terre ! Terre !*

Les militaires travaillant sur la base lunaire savaient aussi bien que moi que Jamie Miller était peut-être la première Starfighter originaire de Terre, mais sûrement pas la dernière. Là, maintenant, ses deux coéquipières étaient sur le point d'achever leur entraînement. Il y en aurait des dizaines d'autres quelques semaines après elles.

Bientôt, les effectifs de Starfighters augmentaient pour la première fois depuis l'attaque initiale.

Et je remuerai ciel et terre pour m'assurer que le traître soit attrapé et envoyé sur la base de l'Astéroïde Syrax. Je ne savais pas trop comment, vu que j'étais basé sur Arturri, mais j'aiderais Nave et Trax à parvenir à leurs fins en fournissant les informations glanées ici. J'avais un autre devoir à accomplir, en plus de protéger mon peuple, j'avais Jamie. Et elle était à moi.

— Ok ! D'accord ! Vous êtes tous fous ! Reposez-moi !

Le rire de Jamie était une douce musique, Gus et Ry la posèrent enfin. Elle était détendue et souriante à présent, comprenant qu'ils étaient non seulement fiers d'elle mais aussi satisfaits de l'issue du combat.

La foule se dispersa subitement, recula pour former une haie d'honneur de part et d'autre, formant une sorte de couloir que nous traversâmes jusqu'à la sortie du hangar.

Je pris la main de Jamie alors que nous passions devant l'équipe qui nous avait accueillis, désormais silencieuse mais toujours souriante.

Une fois sortis du tunnel, la zone centrale et lumineuse bruissait d'activité, le Général Aryk de Vélérion se tenait au centre.

— Bienvenue, Starfighters.

Le Général Aryk s'avança pour nous saluer, je découvris avec surprise ses tempes grisonnantes. J'avais entendu des rumeurs selon lesquelles il avait été gravement blessé au combat, ses mèches noires s'étaient veinées de gris une fois rétabli. Ses yeux étaient toujours du même gris pâle perçant, souvenir de mes jeunes années sur Vélérion. Il avait presque mon âge mais paraissait plus âgé d'une dizaine d'années.

— Excellent travail. Cependant, Jamie Miller, je n'ai pas reçu de rapport médical indiquant que vous étiez prête pour la mission.

— Pardon ? demanda Jamie en fronçant les sourcils.

Je fournis les explications à sa place.

— C'était censé être une promenade de santé, Général. Rien de plus.

— C'est requis chaque fois qu'un Starfighter monte à bord de son vaisseau. Allez à l'infirmerie. J'ai besoin que vous soyez prête pour la prochaine mission. Quand ce sera fait, j'exige un débriefing.

Le général cessa de lui donner des ordres, assez longtemps pour tendre la main à sa dernière recrue, il esquissa même un sourire.

— Bienvenue sur Vélérion, Starfighter. Je suis le Général Aryk, votre commandant.

Jamie accepta ses salutations et mis sa main dans la sienne en guise d'acceptation.

— Ravie de vous rencontrer. Je m'appelle Jamie.

— Jamie Lynn Miller, planète Terre, ville de Baltimore, dans le Maryland. J'ai lu votre dossier.

Elle haussa ses sourcils bruns.

— J'ai un dossier ?

— Bien sûr. Dépourvu d'autorisation médicale. Alors filez à l'infirmerie.

Il indiqua la direction du bâtiment médical.

— Maintenant ? demanda Jamie.

Je réalisai qu'elle avait vu le chef dans le programme

de formation. Elle connaissait son visage et sa voix mais le rencontrait pour la première fois.

— C'est quoi dans « Filez à l'infirmerie, » que vous ne comprenez pas ?

Le Général Aryk regarda Jamie et moi tour à tour et sourit.

— Vous avez tous deux réalisé des performances dépassant mes espérances. Surtout si l'on considère l'attaque surprise. Je veux vous savoir prêts pour votre prochaine mission. L'infirmerie, puis direction ma salle de briefing. Une heure.

— Oui, mon général, répondis-je.

Le général hocha la tête et s'éloigna. Jamie me regarda tandis que l'équipe de la base partait à son tour afin de se remettre au travail. Je levai nos mains toujours jointes vers mes lèvres et embrassai ses doigts, avant de l'entraîner doucement vers l'arche menant à l'antenne médicale.

Comme je m'y attendais, le centre médical fonctionnait à plein régime et attendait de voir pour la première fois la toute nouvelle race de Starfighter. L'infirmière était littéralement folle de joie.

— Starfighter Jamie ! Bienvenue, bienvenue au centre médical. Je suis l'Infirmière Suzen, m'occuper de vous est un honneur.

— Merci, Suzen. Je vais bien, insista Jamie en laissant la grande femme la guider vers un scanner.

— J'en suis persuadée, mais nous avons toutes deux des ordres. Asseyez-vous là. C'est parfait. Détendez-vous et allongez-vous dans le fauteuil.

L'Infirmière Suzen me regarda.

— Vous aussi, Starfighter. Il y a une autre place pour vous juste ici.

Elle jeta un coup d'œil par-dessus son épaule à l'un des jeunes hommes qui manipulait un pupitre de commandes.

— Infirmier Wallis, vous voulez bien me seconder, s'il vous plaît ?

— Bien sûr.

Le jeune médecin se dirigea vers le scanner et m'indiqua que je devais m'allonger dans le fauteuil. Ce que je fis, comme je l'avais déjà fait des centaines de fois. Je voyais toujours Jamie, je m'allongeai tandis que le siège épousait la forme de mon corps, j'attendis que les lumières familières se mettent à tourner.

— Début du scanner.

Je regardais les lumières étincelantes et sentis les légères pulsations pendant que le scanner interprétait les fréquences de chaque cellule de mon corps, ADN compris.

L'examen se termina comme prévu en quelques minutes.

— Votre forme est optimale, Starfighter. Vous pouvez y aller. Cet examen sera versé à votre dossier.

— Merci, marmonnai-je, plus par habitude que réelle courtoisie. Je me concentrai plutôt sur Jamie, mise sous ou léger sédatif par Suzen l'infirmière. Les yeux de Jamie étaient fermés et son corps détendu.

— Qu'est-ce qui ne va pas ?

L'infirmière avait appelé quelqu'un en renfort.

Je me tenais près de la tête de Jamie et regardais les deux infirmiers se déplacer à une vitesse inhabituelle en temps normal, à moins qu'ils s'occupent de blessés ou fassent du triage.

— Qu'est. Ce. Qui. Ne. Va. Pas ?

L'Infirmière Suzen finit par lever les yeux au ciel vu le ton de ma voix.

— L'injection du code n'a pas complètement fusionné avec ses neurones. Le processus est loin d'être terminé. Comment a-t-elle été capable de piloter son vaisseau ?

— Elle a opéré en mode manuel.

— C'est impossible.

Elle croisa les bras et dévisagea Jamie l'air circonspect.

— Personne n'a de réflexes naturels assez rapides pour piloter en mode manuel. Vous auriez dû tous les deux être balayés dans la poussière spatiale.

— Personne sur Vélérion, confirmai-je.

— Elle est si douée que ça ? demanda-t-elle, les yeux grands comme la lune.

— Oui.

Je bombai le torse en touchant les longs cheveux noirs de Jamie qui dépassaient au bout du scanner.

— Elle est si douée que ça.

Tous les militaires de Vélérion utilisaient les nanoparticules d'injection codées, non seulement pour comprendre la langue, mais ils comptaient aussi sur elles pour augmenter la vitesse de leurs réflexes et leurs réactions. Aussi rapides les réflexes physiques naturels soient-ils, l'implant rendait les combattants plus rapides. J'avais reçu mon injection le premier jour de mon service militaire. Jamie avait pourtant réussi à gagner une bataille d'envergure sans bénéficier pleinement de l'intégration des nanoparticules dans son organisme. Elle était... une anomalie, pour le moins. Le meilleur pilote jamais rencontré.

Encore plus forte que mon frère et sa malheureuse compagne.

L'infirmière était apparemment du même avis.

— Combien d'autres humains ont presque achevé la simulation d'entraînement ?

— La dernière fois que j'ai regardé, une poignée. Mais beaucoup ne sont pas loin derrière.

L'infirmière Suzen sourit et me tapota l'épaule.

— Nous avons peut-être une vraie chance de survivre à cette guerre, Alexius. S'il y en a d'autres comme elle, nous aurons une possibilité de nous en sortir.

Je ne répondis pas, sa déclaration était un vrai chant d'espoir. Nous restâmes de longues minutes à regarder les autres infirmiers terminer de s'occuper de Jamie. Leur tâche achevée, ils la réveillèrent lentement. Son petit gémissement, synonyme d'inconfort notoire, me poussa à venir immédiatement à son chevet.

— Jamie, je suis là.

Je pris sa main dans la mienne.

Elle cligna des yeux.

— La pièce tourne.

— Ça passera d'ici quelques minutes. Vous allez vous sentir plus que bien, Starfighter. Je crois que j'ai fait un super boulot sur vous.

Suzen semblait assez satisfaite.

— Tous vos systèmes ont été améliorés pour une efficacité optimale.

— Super.

Jamie leva les yeux vers moi.

— Je suis restée inconsciente combien de temps ?

— Vous êtes ici depuis plus d'une heure.

Le Général Aryk entra dans la pièce et fit en sorte d'être directement dans la ligne de mire de Jamie.

L'Infirmière Suzen haussa les épaules sans s'excuser.

— La première fois qu'on passe au scanner prend un

peu plus de temps. Une nouvelle espèce, tout ça.

Le général fit un signe de la main à l'infirmière pour la faire taire, comme s'il s'était attendu à pareil résultat, et s'adressa à Jamie et moi.

— Vous avez manqué la réunion. Retournez à votre appartement et reposez-vous. Je veux vous voir tous les deux à la première heure demain matin dans mon bureau, avec les autres équipages de Starfighters. Nous passerons en revue les plans de la mission avec vous à ce moment-là.

— Une contre-offensive ? demandai-je, le poing serré en signe d'impatience.

— Oui. Nous ne pouvons plus compter sur une interruption des attaques en raison de la position orbitale. Ils ont modifié leur schéma offensif par deux fois maintenant. Nous ne pouvons pas nous permettre une troisième attaque. Si vous n'aviez pas été si proches, Gamma 4 aurait été perdue.

Le Général Aryk nous salua et adressa un signe de tête à l'Infirmière Suzen.

— Bon travail, Suzen. Quant à vous, je vous verrai dans mon bureau sur Vega 1.

— Vega 1 est à une heure de trajet après le lever du soleil. Compris.

Jamie levé me regarda après le départ du général.

— On peut y aller maintenant ?

— Oui, ma chérie.

Demain, après avoir pris connaissance du plan d'attaque du général, je contacterais mes amis qui bossaient toujours sous leur pseudo-rôle de contrebandiers sur la base de la Reine Raya sur l'Astéroïde Syrax, et verrais dans quelle mesure ils étaient proches de découvrir l'identité du traître de Vélérion.

10

amie

La journée avait été marquée par le fait que tout était réel, j'étais bien sur Vélérion avec Alex, *trop* réelle même.

Je m'étais réveillée en croyant que *Starfighter Training Academy* était un jeu. Je m'étais résignée au fait que ce n'en était pas un du tout.

Mais même après avoir accepté le fait qu'Alex me disait la vérité, je n'avais fait que jouer. La façon dont Alex me regardait. M'embrassait. Me touchait. Rencontrer les autres sur la base lunaire. Voir mon magnifique vaisseau, le *Valor* ? Tout était réel. Mais la flotte des Ténèbres ? Je ne la considérais toujours pas comme une menace, comme un ennemi réel, vivant, en chair et en os.

Plus maintenant. Je les avais vus. Je les avais combattus. Je les avais tués.

Je comprenais leur méchanceté maintenant. Leur

façon de se moquer, comme un chat le ferait d'une souris piégée.

C'était réel. Mon désir d'éliminer la Reine Raya et voir la paix régner sur Vélérion et les autres planètes menacées était désormais dans ma tête de liste. Terminées, les livraisons de colis. Mon travail consistait à protéger des milliards de personnes sur Vélérion, la Terre et d'autres planètes dont je n'avais jamais entendu parler. Et pour ce faire, j'allais devoir tuer encore, et encore, et encore...

— Hé, murmura doucement Alex en posant sa main sur mon épaule.

Je jetai un coup d'œil dans sa direction.

— Tu vas bien ? Je dois avouer que je ne m'attendais pas à ce que la transition vers ta nouvelle vie de Starfighter se déroule de la sorte aujourd'hui.

Je lui adressai un petit sourire. Si j'allais bien ? Je n'avais jamais eu d'ennemi auparavant. Bien sûr, des clients grincheux m'en voulaient parce que leur colis avait trois jours de retard. Comme si c'était ma faute. Mais personne ne voulait me tuer et exterminer la Terre entière.

Il me faudra du temps pour admettre l'existence de Vélérion et Alex. Savoir nos vies constamment en danger ici sur la base lunaire représentait un gros changement. Qu'Alex et moi étions deux des rares individus capables d'aider à sauver plusieurs planètes.

Littéralement.

— Oui. Ça fait beaucoup. Je suis désolée de ne pas t'avoir cru. Je ne pouvais pas vraiment comprendre.

Ma voix était douce et j'avais un peu honte. J'avais pris leur tragédie pour un jeu.

— Certaines choses doivent se vivre pour être comprises.

— Vous êtes trop patients avec moi.

Je réalisais maintenant à quel point le Général Aryk, Alex et les autres Starfighters étaient profondément investis. Ils avaient tellement besoin d'aide qu'ils avaient créé un outil d'entraînement clandestin envoyé sur des planètes lointaines, dans l'espoir de trouver des recrues dignes de ce nom.

Un marketing de dingue. Leurs dirigeants devaient peut-être repenser leur analyse de risque. Et si j'avais dit non ? Si j'avais paniqué, raté la mission et qu'Alex et moi avions été tués ? Et si personne, nulle part, sur aucune planète, n'avait réussi à battre le jeu ?

Alex se posta en face de moi et releva mon menton du bout des doigts.

— Il y a un pas de géant entre jouer à ce que tout le monde considère sur Terre comme un simple divertissement et la vie ou la mort. Tu as traversé la galaxie, ma chérie. Tu as abandonné ton foyer. Tu as fait de grands sacrifices pour Vélérion.

Il jeta un coup d'œil par-dessus mon épaule et soupira.

— Je comprends maintenant ce que cela te coûte. Ce qui a été négligé dans le programme de formation.

— Je n'étais pas prête à devenir une tueuse, Alex.

Je le gratifiai d'un petit sourire.

— Mais je ne peux pas non plus laisser cette salope de reine et ses sbires massacrer des innocents.

— Alors, ma chérie, que veux-tu faire maintenant ?

Je n'hésitai pas une seule seconde.

— Partir combattre la flotte des Ténèbres.

Il secoua la tête, écarta mes cheveux de mon visage.

— D'abord, on va se reposer, comme l'a dit le Général Aryk. On se battra plus tard.

— Se reposer ? Je suis trop à cran pour dormir.

Ses yeux étincelants de malice et de désir se posèrent sur ma bouche.

— Je vais devoir y remédier.

Je penchai tête et mordillai ma lèvre, ce qui lui fit pousser un drôle de petit grognement. Un bruit possessif style j'aimerais-bien-mordre-cette-lèvre.

— C'est pas un peu rapide ? répondis-je comme il prenait l'ovale de mon visage dans sa grande main.

Son pouce caressait ma joue.

Il se pencha plus près pour que je n'aie qu'à me hisser sur la pointe des pieds, nos lèvres se touchèrent.

— Ça fait des mois, ma chérie. Nous nous connaissons depuis le treize juin.

Le désir m'envahit. Il avait raison. J'avais envie de lui depuis le début. Je ne savais même pas qu'il était réel mais Alex avait entendu toutes mes conversations avec Mia et Lily.

Je clignas des yeux et sursautai.

— Oh mon dieu. Mia et Lily.

Il fronça les sourcils mais ne s'éloigna pas.

— Qu'est-ce qu'il y a ?

— Elles ne savent pas que je suis partie.

— Non. D'après ce que je sais de leurs performances au programme d'entraînement, elles ne sont pas loin derrière toi et en passe d'obtenir leur diplôme.

Je le regardai fixement pendant une seconde, les yeux ronds.

— Tu veux dire... tu veux dire que leurs partenaires de jeu sont vrais... peu importe.

Je posai ma main sur son torse avant qu'il puisse répondre.

— Je sais que tout est réel. Elles vont venir ici ? Je

n'aurais jamais imaginé devoir traverser la galaxie pour les rencontrer en personne.

Ses lèvres se retroussèrent, son amusement évident.

— Je suis heureux que tes amies te rejoignent bientôt dans la formation des Starfighters. Il existe six bases de Starfighters en activité. Je ne sais pas dans laquelle elles seront affectées, selon leurs compétences.

Je ne pus m'empêcher de soupirer et avoir envie de lever le poing en l'air en signe de victoire. Mia et Lily découvriraient bientôt que leurs coéquipiers étaient bien réels. Que le jeu était réel. Et elles seraient ici, assez proches du moins pour que je puisse les voir de temps en temps.

Je souris et passai ma main derrière la nuque d'Alex.

— Tant mieux. Maintenant... remets ta bouche là où elle était...

De nouveau ce petit grognement. Puis il m'embrassa. Enroula son bras autour de mon dos et me souleva. Nous avancions mais j'étais trop absorbée par le baiser pour savoir où nous allions ou pourquoi. Je me retrouvai allongée sur le lit moelleux, Alex me rejoignit et j'éclatai de rire.

Il plaça une main à côté de ma tête pour mieux me voir. Je contemplais ses yeux sombres. J'observais son front bien dessiné, sa mâchoire carrée, ses lèvres pleines. Il était magnifique et bien à moi. Mon compagnon. Ma moitié.

— Ça t'amuse ? murmura-t-il.

Je secouai un peu la tête, mes cheveux éparpillés sur la couverture.

— Je suis... heureuse.

J'écarquillais les yeux.

— Je suis désolée. Nous venons de combattre, je ne devrais pas me sentir comme ça mais...

Il passa un doigt sur mes lèvres.

— Moi aussi, je suis heureux, mais aussi en colère à cause de l'attaque. La guerre est longue... c'est détestable. La mort peut frapper à tout moment, mais ça tu le sais déjà. On prend du plaisir quand on peut.

Je pensais à ça. Notre vaisseau avait été endommagé par l'ennemi. Nous aurions pu mourir. Nous pouvions mourir à tout moment. Je réalisais que tant de choses s'étaient passées depuis mon réveil sur Vélérion. Tout était différent maintenant. Tout.

— Le temps est relatif ici. Les émotions sont différentes. Tout est plus...

Je n'achevais pas ma phrase. Plus intense. Plus lumineux. Comme si j'avais vécu dans un monde en noir et blanc et me réveillais en couleur. Et l'émotion. La peur. L'espoir. *Le désir.*

Il fronça les sourcils.

— Je ne comprends pas. Il n'y a pas de décalage horaire sur Vélérion.

Je clignai des yeux et léchai mes lèvres.

— Je voulais dire par là que je ne veux pas mourir sans te sentir d'abord en moi.

Ses yeux s'écarquillèrent légèrement avant de se rétrécir. Son corps se tendit. Il retenait peut-être son souffle.

— Jamie...

— J'ai envie de toi, Alex. J'ai envie de toi depuis toujours.

Mon sexe palpita comme je prononçais les derniers mots, je m'approchai de lui.

— J'ai envie de toi. Maintenant.

Inutile de le lui répéter deux fois. Il semblait se

retenir depuis qu'il avait frappé à la porte de mon appartement. Gardait son calme. Sous contrôle. Poli. J'avais vu des preuves de sa possessivité et son intérêt dans la salle de contrôle, mais je réalisais maintenant qu'il s'était retenu.

Maintenant... bon sang, maintenant il se lâchait. Ses lèvres dévoraient les miennes, j'avais le souffle coupé. Ses mains soulevèrent et écartèrent ma chemise. Il se pencha sur moi et me plaqua contre le lit. Il était partout.

Des caresses voraces, comme s'il avait subi la sécheresse et que j'étais la pluie.

— Jamie, souffla-t-il en embrassant mon cou.

J'attrapai le bas de sa chemise, saisis l'ourlet et tirai vers le haut. Il s'écarta, s'agenouilla au-dessus de moi et ôta sa chemise d'uniforme.

— A ton tour.

Ses doigts effleurèrent mon ventre alors que je soulevais mon haut assorti. Je dus m'asseoir et il m'aida à le faire passer par-dessus ma tête.

Mon soutien-gorge suivit rapidement, je me retrouvai à moitié nue devant lui.

— Une vraie beauté.

Il me regardait avec intensité, mon désir montait avec le sien. Déjà super excitée rien qu'à le voir me *regarder*, je risquais de m'enflammer dès qu'il me pénétrerait.

— Je ne m'attendais pas..

Il s'interrompit comme mes doigts effleuraient sa peau.

— A quoi ? chuchotai-je.

Ses épaules étaient larges, sa taille étroite, son torse en forme de V. Il était très musclé. Les poils bruns sur son torse s'amincissaient pour former une ligne disparaissant dans son pantalon. Sa peau était chaude sous mes doigts, la façon dont il s'était immobilisé, bouche bée, uniquement parce que je le touchais, me conférait un sentiment de puissance.

Je souris.

— Nous grandissons dans le but de trouver un partenaire compatible aussi dans d'autres domaines, que le simple fait de combattre ensemble. Je ne m'attendais pas à ce que tu débarques de Terre.

Son regard croisa le mien.

— Je ne m'attendais pas à te voir.

— Je n'ai rien de spécial, répondis-je.

Il me poussa sur le lit en posant sa main entre mes seins et s'installa sur moi, tout son poids reposait sur ses avant-bras. J'étais plaquée au lit, sa poitrine nue contre la mienne.

— Tu es spéciale pour moi. Dois-je te le prouver ?

Il embrassa de nouveau ma mâchoire, le long de mon cou.

— Je crois que oui.

Oh-oh. Un homme avec une mission, et pas pour combattre la flotte des Ténèbres.

Il lécha ma clavicule jusqu'à mon sein droit. Sa langue fit le tour de mon téton sans le prendre dans sa bouche. Il choisit de lécher le creux entre mes seins jusqu'à l'autre téton, qui bénéficia du même traitement.

Je commençais à me tortiller, à fourrer mes mains dans ses cheveux.

— Alex, je gémis.

Il leva la tête assez longtemps pour me regarder.

— Oui ?

— Qu'est-ce que tu fais ?

Son nez effleura mon mamelon dressé, plus histoire de me taquiner qu'autre chose.

— Je te prouve à quel point tu es spéciale.
— En me torturant ?
Il me souriait maintenant.
— Que veux-tu, ma chérie ? Je te l'ai déjà dit. Je te donnerai tout ce que tu veux. Parle et j'obéirai.
Je rougis et me tortillai un peu plus.
— Je veux...
— Oui ?
— Je veux sentir ta bouche sur moi.
— Comme tu voudras.

Il prit mon téton dans sa bouche et suça, fit de même avec l'autre. La chaleur et le désir m'envahirent. Je me contorsionnais en gémissant, tirais ses cheveux. J'étais folle de lui, et il ne faisait que jouer avec mes tétons.

Comme je criais à nouveau de plaisir, il descendit plus bas, enleva mon pantalon et ma culotte en même temps. Il glissa le long de mon corps et retira mes bottes, l'une après l'autre, me déshabilla entièrement.

Il ne remonta pas sur moi mais s'agenouilla au pied du lit, attrapa mes chevilles, m'attira au bord et installa mes chevilles sur ses épaules.

— Oh mon Dieu, dis-je au plafond en sentant son souffle chaud à l'intérieur de ma cuisse, juste avant qu'il l'embrasse.

— Tu es belle partout.

Il embrassait mon sexe maintenant.

Inutile de discuter avec lui cette fois. Je n'aurais jamais qualifié mes parties intimes de belles, mais Alex, l'homme de mes rêves entre mes cuisses, les léchait tel un cornetto.

J'étais assez intelligente pour savoir que ce n'était pas le moment de—

— Alex ! je criai lorsqu'il fit quelque chose de magique sur mon clitoris.

Une main empoignait l'intérieur de ma cuisse. Les doigts de l'autre titillaient mon vagin, au rythme de sa bouche.

— C'est mieux. Je ne suis pas un dieu, mais je suis ton mari. Je veux t'entendre crier mon prénom quand je te déguste. Quand je te fais jouir.

Il n'ajouta rien mais se remit au travail, glissa deux doigts en moi, les recourba et trouva...

— Alex.

Cette fois, je prononçais son prénom en gémissant. Personne n'avait jamais trouvé mon point G auparavant. Bon sang, je ne savais même pas que j'en avais un.

Mais cette zone, l'endroit qu'il frottait ou excitait avec ses doigts, correspondait au bouton d'allumage de mon moteur sexuel. En comptant sa bouche sur mon clitoris, le mélange des deux me poussait vers un orgasme de plus en plus intense, jusqu'à ce que je me lâche d'un coup. Je jouis en agrippant la couverture.

Je n'avais jamais joui de la sorte. Je vis des étoiles derrière mes paupières fermées. Mon clitoris vibrait et palpitait. Mon vagin se refermait sur ses doigts. J'étais en sueur et détendue, épuisée et... souriante.

Mais ce n'était pas terminé. Bon sang, non. J'étais super excitée et prête à baiser. Il était temps de faire ma part. Je me levai, enlevai mes jambes des épaules d'Alex et glissai au sol pour monter à califourchon sur lui. Le bord du lit dans mon dos.

J'ouvris le devant de son pantalon et attrapai son membre en érection et le branlai dans ma paume.

— Putain, grogna-t-il, abdominaux contractés, mains crispées.

Il se souleva juste assez pour faire descendre son pantalon sur ses hanches, puis redescendit. Sa main posée sur ma taille, il me releva. Je tenais toujours sa magnifique bite— longue et épaisse, avec un gros gland — en main, et la plaçai pile à l'entrée de mon vagin.

Je m'empalai sur ses cuisses tandis qu'il donnait un coup de rein.

Nous criâmes en même temps. Il était si gros que je pris une seconde pour m'adapter. J'étais dilatée, à la limite de la douleur, il était tellement gros.

— Tu es super étroite.

Ses doigts empoignèrent mes hanches alors que nous étions tous deux immobiles.

Je me penchai et embrassai son torse. Je commençais à vouloir passer à la vitesse supérieure. J'essayai de soulever mes hanches mais il m'immobilisa.

Je relevai le menton, contemplai son regard sombre et insondable. De la sueur perlait sur son front. Sa mâchoire était contractée.

— Ne fais pas ça, chuchotai-je.

Il haussa un sourcil brun.

— Ne fais pas quoi ?

— Ne te retiens pas.

Il m'observa une seconde, comme s'il s'assurait de ma sincérité et hocha imperceptiblement la tête. Il me souleva et me laissa redescendre par l'effet de la gravité. Il imprima un coup de hanches et me pénétra profondément.

J'enroulai mes jambes autour de sa taille, croisant mes chevilles dans son dos. Je fis de même avec mes bras autour de sa nuque tout en l'embrassant. Il me baisait brutalement et sauvagement. Un vrai lion en rut.

Je gémis lorsque nos langues se mêlèrent, lorsque ses mains se déplacèrent vers mes fesses.

Mon clitoris frottait contre lui à la perfection tandis qu'il m'enlaçait et m'empalait, me procurant un deuxième orgasme encore plus intense que le premier. Lorsque je repris mes esprits, ses mouvements de piston avaient ralenti, il était toujours en moi, me laissait profiter du plaisir.

— Te voir jouir est la chose la plus incroyable que j'aie jamais vue.

Mon sourire comblé, cette fois, respirait l'ivresse du plaisir.

— Et toi ? Tu as...
— Non. On n'a pas encore terminé, ma chérie.

Il me souleva. Je poussai un cri comme il se retirait, j'étais une poupée entre ses larges mains, il me retourna afin que je sois à plat ventre sur le lit. Le matelas s'enfonça, un bras passa sous ma taille et s'enroula autour de moi afin que je m'agenouille.

Je gémis comme sa bite me pénétrait par derrière.

— Alex, c'est trop.

Il se pencha sur moi et ondula des hanches, me pénétrait à nouveau. J'étais tellement mouillée qu'il rentrait facilement.

— Jamais, ma chérie. Ce ne sera jamais assez.

Je perdis le compte du nombre de fois où il me posséda cette nuit-là de façon différente. On s'endormait, et je me réveillais sa tête entre mes cuisses. Ou avec ses doigts titillant mes tétons. A moins qu'il ne pose ma main sur sa verge en érection.

Tout ce que je savais, lorsqu'il me laissait enfin me reposer, c'est qu'il me trouvait assurément belle. J'étais sa femme. Notre lien était... incroyable.

11

lexius

LA MISSION ÉTAIT SIMPLE. Trois Starfighters, trois équipages, trois cibles.

Gustar et Ryzix, l'Équipe Deux, avaient pour mission de détruire tout vaisseau Scythe ou autre appareil s'abritant secrètement dans la baie. Les autres Starfighters stationnés sur Arturri, Zeke et Kalinda de l'Équipage Un, cibleraient les zones d'amarrage prétendument abandonnées du Port Vion Hex— un vaisseau à la dérive qui gérait tout autrefois, du commerce à la fabrication de vaisseaux spatiaux. C'était l'un des plus vieux ports du coin. Surdimensionné, impossible de passer outre avec le radar, mais la flotte des Ténèbres l'avait de toute évidence doté de nouvelles possibilités de camouflage, après l'avoir manifestement utilisé comme base de combat temporaire entre deux réseaux. Bien qu'il ne soit pas identifié comme vaisseau de la flotte des Ténèbres, il avait toujours trempé dans les affaires les plus louches de la vie spatiale, jusqu'à l'arrêt de l'usine de production. Les lieux avaient été par la suite entièrement abandonnés et récupérés pour la ferraille.

Le général Aryk et les analystes de navigation avaient déterminé que l'attaque sur Gamma 4 provenait du port abandonné. La flotte des Ténèbres avait dû revenir dans la zone juste sous notre nez, ce qui rendait le général furieux. Ça me mettait aussi en rogne parce que les vaisseaux qui avaient tiré sur le *Valor* venaient de Port Vion Hex. Avion de chasse Scythe rimait avec nid véritable, tels des essaims d'insectes ; c'est ainsi que je les voyais du moins. Je voulais éliminer tous ceux qui oseraient essayer de réduire ma femme en poussière spatiale.

Notre mission consistait à détruire quiconque se trouvait sur Port Vion Hex et nous assurer qu'aucune autre attaque ne viendrait de ce secteur.

En tant qu'Équipe Trois d'Arturri, Jamie et moi étions dans le *Valor*, nous nous approchions du côté obscur de Port Vion Hex pour frapper leur centrale électrique et leurs communications, très probablement utilisées pour coordonner les attaques de la flotte des Ténèbres. J'étais déjà venu ici, des années auparavant, quand elle était encore en service.

Jamie et moi étions chargés de la mission la moins dangereuse parmi les trois équipages, avec le moins de combat actif. Le Général Aryk avait été impressionné par les prouesses de pilote de Jamie lors de la première offensive, mais il n'était pas pressé de la pousser dans le feu de l'action. Elle avait besoin de temps pour s'adapter.

Merde. J'avais moi aussi besoin de temps pour m'adapter. La regarder et être avec elle en mission pendant les simulations n'avait rien à voir avec la charge émotionnelle d'être assis à ses côtés lors d'un vrai combat. Je me découvrais un sentiment de possessivité inconnu jusqu'alors, depuis que nous étions en couple, depuis que j'avais vu ressortir son côté passionné. Je lui avais toujours dit que cette guerre était réelle. Cette guerre m'apparaissait plus que réaliste depuis que mon couple était en ligne de mire, que notre vaisseau avait été touché et endommagé. Encore plus qu'avant. J'avais tellement plus à perdre maintenant.

Je n'avais aucune idée de la façon dont les couples réussissaient au combat, je combattais une propension à la protection de tous les instants. Permettre à Jamie d'effectuer des missions aériennes de mon plein gré était aux antipodes de mes attentes avec elle, c'est-à-dire l'attacher au lit pour qu'elle soit en sécurité, sans parler du reste. Mieux valait garder ce genre de pensées pour moi, non seulement le Général Aryk m'aurait rappelé à l'ordre, mais Jamie ne serait certainement pas ravie de devoir attendre ma *permission* pour passer à l'action.

A vrai dire, nous ne nous dirigions pas vers la zone obscure et apparemment déserte de Port Vion Hex, non que Jamie ne soit pas en mesure de gérer le combat potentiel qui risquait de survenir, mais parce que je n'étais pas prêt à risquer sa vie à nouveau. Pas sans d'autres sessions d'entraînement, sans lui laisser du temps pour que son organisme s'adapte à l'espace.

Lui accorder plus de temps pour qu'elle tombe amoureuse de moi. Je l'avais baisée trois fois. Trois fois où elle s'était donnée à moi corps et âme, totalement abandonnée, en proie à la déferlante passionnelle que je soupçonnais. Elle avait joui en même temps que moi, aussi excitée et empressée par notre union que notre plaisir mutuel. Je bandais et dus remuer dans mon siège pour dissiper ma gêne. Le laps de temps avant la bataille était certes mal choisi, mais je me souvenais du goût de Jamie, de sa respiration haletante juste avant qu'elle jouisse, je la sentais encore vider mes couilles de mon sperme. Son odeur emplissait ma tête, encore maintenant.

— Nous approchons de la cible.

Jamie s'adressait au commandement de base, et je m'agitais de nouveau dans mon siège. Penser au visage horrible de la Reine Raya me calma illico.

Nous survolions une zone inhabitée, avec pour seules armes celles de notre Starfighter. Le port était mille fois plus grand que notre minuscule vaisseau, mais Jamie pouvait se frayer facilement un passage autour de n'importe quel arsenal portuaire. Je l'avais vue faire à l'entraînement. J'étais à ses côtés à l'époque et le serais aujourd'hui encore.

Impossible de relâcher la pression, pas ici. Pas avec Jamie à mes côtés. Je ne pouvais cependant pas m'empêcher de penser que cette mission arrivait à point nommé. Cette saloperie d'attaque sur Gamma 4 tournait étrangement à mon avantage. Nave et Trax, tous deux encore sur Syrax, avaient envoyé des messages, ils se rendaient à une réunion supposée être animée par ce salaud de traître de Vélérion, celui ayant révélé l'emplacement de notre base de Starfighter à la Reine Raya. Le responsable, au final, de la mort de mon frère. Sa duplicité avait tué mon frère et tant d'autres. Elle avait affaibli toute l'armée de Vélérion.

Puisque je ne pouvais plus être avec eux en tant qu'agent double sur Syrax, je ferais tout pour m'assurer qu'ils disposent du temps supplémentaire nécessaire. Même si cela signifiait occulter ma mission avec eux au

Général Aryk et chaque individu sur Arturri, Jamie comprise.

Le traître était sournois. Il pouvait se cacher derrière n'importe quel Vélérion, y compris le général. J'avais bossé comme agent double avec Nave et Trax pendant des mois. Nous avions essayé de le débusquer à nous trois, sans résultat à ce jour. Ils suivaient la piste la plus fiable en leur possession depuis des semaines. En espérant que Trax et Nave assistent au bouquet final.

Trouver le traître signifiait sauver des vies, y compris celle de Jamie, désormais ma priorité absolue. Elle était ma compagne. Mon amour. Ma partenaire de combat. Pour le général, l'une de ses armes les plus puissantes. Je la protégerais par devoir mais surtout, par égoïsme. J'étais avide de ses moindres regards, ses moindres baisers.

— J'ai la tour de communication et la grille d'alimentation à l'écran, dit Jamie à mes côtés, en ralentissant notre vaisseau pour calquer sa vitesse sur celle de l'énorme port, bien plus imposant. Ce truc est énorme. On dirait un terminal d'aéroport international flottant dans l'espace.

J'ignorais de quoi il retournait mais j'avais le sentiment qu'elle s'y référait plus pour elle que pour moi.

— Armement des missiles.

Je préparai les deux armes installées spécialement sur le *Valor* en vue de toucher cette cible en particulier. Elles étaient plus grandes que nos munitions normales et créeraient d'énormes cratères à l'arrière de ce méga-vaisseau flottant. Avec un peu de chance, elles le déchiquèteraient.

— Cible en ligne de mire, dit Jamie.

Je pliai le doigt sur le bouton d'arrêt d'urgence tandis que les communications des autres Starfighters retentissaient dans nos casques.

— Starfighter Un et Trois, il n'y a rien ici.

La voix de Gustar nous parvenait claire et nette.

— Je répète, Starfighter Deux, dit Jamie.

Ses yeux sombres croisèrent les miens avant de se concentrer vers le port.

— On vise le hangar d'amarrage. Il est désert. Aucun vaisseau, les scanners n'indiquent aucune présence de vie.

— L'attaque sur Gamma 4 provenait d'ici, ajoutai-je, en regardant le méga-vaisseau.

Je réfléchissais à ce que disait Gus.

— C'est le *Triton*, dit Zeke à bord du Starfighter Un. Le dépôt d'armement est désert, rien dans les zones de fabrication. Je suis d'accord avec Gustar. Il y avait peut-être un escadron ici pour l'attaque de Gamma 4, mais il a disparu. Ils devaient savoir qu'on arriverait.

Le traître. Il avait dû les prévenir. Une nouvelle fois.

— Merde, pesta Jamie entre ses dents, exprimant exactement mon ressenti.

— On devrait le faire sauter, dit Ryziz. Nous avons confirmé l'absence de toute forme de vie. La flotte des Ténèbres reviendra forcément, elle est si imposante qu'ils pourraient l'utiliser à nouveau comme base ultérieurement.

Je jetais un coup d'œil à Jamie.

— C'est toi qui vois, dit-elle, tu les connais mieux que moi.

J'acquiesçai.

— Entendu, Starfighter Deux, mais nous sommes du côté opposé. Détruire des pans d'un terminal de cette taille est une chose, mais son intégralité ? Les débris se répandront comme une traînée d'astéroïdes, on écopera des retombées. Ils dériveront aussi vers les radars de vol d'Arturri. Nous devrions le détruire par ce côté, les débris obstrueront par la suite le radar de Syrex.

Un ricanement retentit dans mon casque.

— Bien vu, Starfighter Trois.

Jamie m'adressa un signe de tête, je décelai un mélange de fierté et d'admiration dans ses yeux. Elle me faisait confiance. Ici dans l'espace et au lit.

J'inspirai profondément et me concentrai sur ma mission.

— Toi et le Starfighter Un, regroupez-vous sur le deuxième site de rendez-vous, ordonnai-je, nous vous rejoindrons après avoir atomisé le port.

— Affirmatif, répondit Ry, on se retrouve sur le site de rendez-vous. Starfighter Deux terminé.

— D'accord, dit Zeke, Starfighter Un désengagé.

— Tu t'occupes du hangar d'armement en premier ? demandai-je à Jamie lorsque la communication prit fin. Nous étions seuls dans un port abandonné.

— Tu lis dans mes pensées, répondit-elle.

Je souris.

— Je crois que c'est ce que tu as dit la nuit dernière lors de ton troisième... non, ton quatrième orgasme je crois.

— On se calme.

L'ordre péremptoire de Jamie fut annihilé par son sourire radieux. Je connaissais son corps bien mieux que son esprit. Mais j'avais le temps d'apprendre.

Jamie demeura momentanément silencieuse et scruta l'obscurité.

— Finissons-en et fichons le camp d'ici. Je commence à avoir la chair de poule.

Je savais ce que cela signifiait. C'était l'une des phrases qu'elle avait choisi de programmer dans sa simulation d'entraînement, j'avais entendu sa voix adopter ce ton à de très nombreuses reprises.

Son instinct, se trompait rarement, même en simulation.

— Feu.

J'appuyai sur le bouton de mise à feu, regardai avec bonheur les deux missiles parcourir l'immensité spatiale en quelques secondes faire exploser la station de communication et les réseaux électriques environnants en milliers de débris dans l'espace.

Nous regardâmes la scène un moment dans un silence étrange.

— C'est trop calme ici, murmura Jamie, malgré cette chose en ruine, c'est... trop facile. Je veux dire, quelque chose nous échappe.

Je me figeai, je comprenais ce qu'elle ressentait, elle disait vrai. J'avais la chair de poule, j'étais sur le qui-vive alors que j'effectuais une nouvelle mise à jour des scanners. Putain.

— Y'a rien ici. Ce qui veut dire...

— Fichons le camp d'ici, me coupa-t-elle, règles les propulseurs sur... Oh merde.

Elle s'arrêta net lorsqu'un grand vaisseau de guerre apparut sur le côté du port. Flanqué par des vaisseaux plus petits, tous deux capables de nous éliminer en appuyant sur un bouton.

— Pourquoi nos scanners ne les ont pas détectés ? demanda-t-elle, ses mains survolaient les commandes.

Comme aucune donnée ne nous parvenait, elle poursuivit.

— Dis-moi qu'il ne s'agit pas d'une armada de la flotte des Ténèbres avec leurs brouilleurs. C'est impossible puisque nous avons parlé aux autres équipages. Alors c'est quoi ?

J'avalai de travers. Mon cœur battait la chamade. Ça sentait mauvais.

Vraiment très mauvais.

— Un navire de guerre-amiral avec au moins une centaine d'avions de chasse Scythe à son bord. Les plus petits ont des canons assez gros pour nous pulvériser, rajoute vingt ou trente appareils de plus.

Je vérifiais à nouveau mes scanners.

— Jamie, mets les armes en veilleuse. On va se faire repérer.

Elle secoua la tête.

— Non.

— Jamie.

— Non. On va s'en sortir. J'ai vu pire.

— Non.

Les vaisseaux ennemis se matérialisèrent d'un coup d'un seul sur notre radar.

— Merde. On a déjà dix appareils Scythe à nos trousses, deux vaisseaux de combat et un vaisseau de guerre armé à bloc devant nous. Si tu entames le combat, on va crever. Coupe l'alimentation, aboyai-je.

— Merde. Je déteste ça, putain.

Elle tapa du plat de la main sur le dispositif de commande.

— La vie n'a pas de prix, on combattra la prochaine fois. Avec un peu de chance.

— Je peux mettre les gaz, on peut ficher le camp.

Je réfléchis à son idée une fraction de seconde.

— Non. Pas avec dix vaisseaux de chasse Scythe. Un ou deux, je t'aurais dit d'accord. Mais pas dix. Et ce vaisseau de guerre est équipé de missiles longue portée. Leurs vaisseaux sont presque aussi rapides que le nôtre. Nous ne pouvons pas les distancer, eux et leurs missiles. Même avec nos brouilleurs, un seul vaisseau Scythe suffirait à nous repérer et attaquer.

— Alors on fait quoi ?

Elle me regardait, ses yeux comme fous, prête à se battre.

— On se rend ? Ils ne vont pas nous tuer ?

Je serrai les dents, sachant ce qu'il fallait faire. Putain de merde. Ça allait mal finir.

— Coupe l'alimentation.

Il n'y avait qu'un seul moyen de sauver Jamie maintenant. Un seul. Je la perdrais probablement pour toujours, mais elle serait au moins vivante pour me détester.

— Bien.

Jamie coupa l'alimentation de ses armes, et je fis de même.

— J'ouvre le canal de communication.

— Bien.

Si on survivait, je lui interdirais d'utiliser ce mot.

— Starfighters, un dernier mot avant qu'on vous pulvérise ? nous nargua une voix dans nos casques.

Jamie ne tenait plus en place dans son siège.

— J'ai quelques mots à lui dire, d'accord.

Je levai la main, paume vers elle et m'exprimai clairement afin qu'il n'y ait pas d'ambiguïté.

— *Navire de Guerre Raya Trois*, ici l'officier cinq-sept-neuf-un-sept au rapport. Ne tirez pas. Je répète, ne tirez pas. Dites à la reine que je lui ai apporté un cadeau. La première Starfighter originaire de Terre.

Jamie tourna la tête pour me regarder, les yeux ronds, bouche bée. Elle ne comprenait pas. Elle n'arrivait pas à voir où je voulais en venir. Parce que j'utilisais ma casquette d'agent double pour essayer de nous faire gagner du temps. Pour la Reine Raya, j'étais un traître à Vélérion, un précieux agent double. Je devais jouer ce rôle une fois de plus pour garder Jamie en vie et lui laisser croire que j'étais aussi pourri que le type que j'avais passé des mois à essayer de trouver.

— Alexius ? Nous pensions que vous aviez définitivement abandonné la partie, demanda la voix grave.

— Négatif. Je m'adresse au Général Surano ?

— Oui. Poursuivez.

— Ici Alexius. Informez la Reine Raya de mon présent. Je pense qu'elle sera satisfaite.

— Alex, qu'est-ce que tu—

Le murmure hébété de Jamie fut interrompu par le général.

— Bien reçu. Bon retour parmi nous. J'informe la reine personnellement. Bien joué.

— Merci, mon Général.

Je ne pouvais pas regarder ma compagne. Je ne pouvais pas supporter de voir la douleur et la trahison dans ses yeux.

— Préparez-vous au verrouillage énergétique. Nous allons vous attirer. Un geste, et nous tirons.

Le général me considérait comme un allié, mais son avertissement prouvait qu'il ne se fiait à personne.

— Compris. Moteurs éteints.

Je coupai l'alimentation de notre vaisseau, tous les systèmes sauf ceux de survie pour que Jamie croit au traquenard pour de bon.

Je coupai les communications externes et regardai droit devant moi, par le cockpit.

— C'est quoi ce bordel ? demanda Jamie.

— Je suis désolé.

— Comment ça, désolé ?

Sa voix avait perdu de sa fermeté, elle était sous le choc. Abasourdie. Trahie.

J'affrontai son regard ; il le fallait. C'était peut-être la dernière fois que j'en aurais l'occasion. Je jouais un jeu mortel. Un faux pas et l'un d'entre nous ou les deux mourraient. Elle devait croire que j'étais l'ennemi. C'était le seul moyen maintenant.

Faire en sorte que Jamie croit que je l'ai trahie me donnait l'impression d'avoir reçu un coup de couteau dans le ventre mais je n'avais pas le choix. Je devais l'ébranler. Elle devait le croire. Le Général Surano et la Reine Raya n'étaient pas stupides. Ils liraient en elle comme dans un livre ouvert en un clin d'œil si elle ne me haïssait pas viscéralement, avec toute la passion et le sens du combat chevillés à son corps de guerrière.

Je m'attendais à voir de la douleur dans ses yeux, mais rencontrais au contraire une rage aveugle.

— Qu'est-ce que tu as fait, Alex ?

— Nous sommes dépassés en armes et en nombre dans tous les domaines. Ils savaient que nous venions. Ils nous attendaient. C'était un piège. Une embuscade.

Ses sourcils sombres et sa voix se haussèrent simultanément.

— Et alors ? Ça ne veut pas dire qu'on se rend.

Notre vaisseau fut momentanément secoué tandis que le flux d'énergie se verrouillait autour de nous, nous attirant vers la rampe d'amarrage du vaisseau— et la prison. Elle ne me quittait pas des yeux malgré la secousse.

Je tendis la main vers elle, c'était plus fort que moi.

— Donne-moi la main, s'il te plaît.

— Non. Putain, ne me touche pas.

Elle s'écarta le plus loin possible.

— Tu as coupé l'alimentation du vaisseau. Non, pas seulement, tu les *connais*. Je suis... quoi ? Un cadeau ? Pour l'ennemi ? Tu m'as prise pour une idiote. Tu t'es *servi* de moi.

— Je suis désolé.

Putain, vraiment. Ses paroles, sa colère et sa haine faisaient plus mal que n'importe quelle blessure physique. J'en mourrais. Une réelle agonie à laquelle je survivrais puisque ça ne me tuerait pas. Même si je le souhaitais.

— Tais-toi, connard. Je ne te crois pas. Tu es un des leurs ? C'est *toi* le traître ? J'avais confiance en toi !

J'entendais les larmes dans sa voix, des larmes que je ne pouvais pas voir.

— Tu es comme tous les autres. Putain c'est pas vrai. Même les extraterrestres sont des connards. Parfait. Absolument parfait, putain de merde. Je n'aurais jamais dû quitter mon appartement et te suivre.

— Jamie, commençai-je.

— Tu pactises avec l'ennemi ou pas ?

L'énorme vaisseau de guerre nous rapprocha, avant d'avaler le *Valor* tout entier comme le prédateur qu'il était.

— Alors ? demanda-t-elle.

Je la regardai droit dans les yeux et rassemblai tout mon courage.

— Jamie Miller de Terre, je suis des leurs. Tu es peut-être ma compagne, mais aussi la première Starfighter. L'arme la plus puissante de Vélérion. Désormais propriété de la Reine Raya.

12

*J*amie, cellule sécurisée 642, base astéroïde Syrax

ÇA SENTAIT MAUVAIS. *Super* mauvais, même. Je me levai du pseudo-lit taillé dans la paroi rocheuse et arpentai l'espace exigu. Les murs de cette cellule étaient constitués de roche, tous à part un, comme si on avait fait sauter un morceau de l'astéroïde pour rendre l'endroit inaccessible. Le pan restant était strié de rayons laser bleus horizontaux à peu près tous les vingt centimètres. Je les entendais grésiller. J'ignorais l'intensité du courant électrique, semblable à celui d'une clôture électrique pour chevaux ou rails de métro. Je n'avais pas l'intention de le découvrir.

Pas de couverture, aucun confort, comme si personne n'était censé rester assez longtemps pour avoir besoin de quoi que ce soit. A moins qu'ils ne se soucient tout simplement pas des conditions de détention de leurs prisonniers à long terme.

Tant de choses s'étaient passées depuis mon arrivée sur Vélérion. En seulement moins de quarante-huit heures ? J'avais été réveillée en pleine nuit, sur Terre, pour trouver Alex devant ma porte. Mon partenaire de combat d'un jeu vidéo. Il m'avait annoncé qu'il ne s'agissait pas d'un jeu mais d'une simulation d'entraînement, que j'étais *la* seule à avoir terminé.

J'étais la première Starfighter.

Mon Dieu, j'avais été aveuglée par la beauté d'Alex, je mettais plus de temps à choisir un soutien-gorge qu'à avoir accepté de partir avec lui *sur une autre planète. Une autre planète !*

Mes hormones m'avaient peut-être joué des tours. Mes tétons avaient parlé pour moi. Prête à tout et n'importe quoi, pourvu que je me sente moins stupide d'avoir accepté de le suivre dans l'espace.

Je m'arrêtai, grommelai et fis demi-tour. J'effectuai les trois mètres en sens inverse. Il m'avait rappelé qu'on était mariés. Nous avions échangé nos vœux. Il m'avait piqué la nuque. Mon tatouage correspondait au sien.

Je m'arrêtai et posai la main à cet endroit. Je ne l'avais pas encore vu !

Puis, j'avais fait l'amour avec lui après une petite séance de pelotage dans une salle de commandes. De mon plein gré. Pas une fois, mais deux. La deuxième fois, on l'avait fait toute la nuit. Plus d'une. La quantité d'orgasmes et de positions...

Mon Dieu, j'étais pire que ma mère ! Son tableau de chasse se remplissait à vue d'œil. Elle s'était même fait tatouer le nom d'un mec. Et s'était fait avoir elle aussi.

Encore. Et encore. Comme si les seize premières

années de ma vie ne m'avaient strictement pas servi de leçon.

Fie-toi aux mecs sexy. Si t'as des orgasmes, inutile de chercher midi à quatorze heures.

Ah ! J'avais envie de me taper la tête contre le mur en pierre. Pire encore, j'avais envie de fracasser la tête d'Alex contre les rochers. Sur le sol. A coup de poings. Je le haïssais et j'étais à la fois amoureuse de lui, ce charmant petit détail me faisait me mépriser presque autant que je le détestais. Presque.

Ma mère avait bien évidemment commis des erreurs. Mais Maman n'était pas partie sur une autre fichue planète. Et Maman était bourrée comme pas deux quand elle ramenait ses losers de petits amis à la maison. J'étais parfaitement sobre durant tout ce temps, j'avais donc les idées claires. Une capacité de jugement optimale. *Supeeeeer.*

Oh, et elle ne fréquentait pas un mec s'avérant être... un agent double ? Un espion ? Un gros connard, ça oui. Alex était un Vélérion mais du côté des méchants. Il m'avait cédée à la Reine Raya. Il m'avait littéralement déposée devant sa porte.

Ha ! Pour une fois, c'était moi le colis !

Je ris et passai une main sur mon visage. Je devais tout rependre de zéro, y'avait de quoi écrire un bouquin.

Le mec idéal m'avait draguée et emmenée dans l'espace, baisée pour que je le croie aveuglément, avant de me livrer à la Méchante Reine afin que je trahisse non seulement Vélérion, mais aussi la Terre ?

C'était ça ou la mort.

Mes talents de Starfighter ne me sortiraient pas de cette situation. Je ne pouvais pas m'échapper de cette cellule. Je ne pouvais rien promettre, je n'allais sûrement pas les laisser faire sauter Vélérion ou la Terre.

Oh que non ! Je ne laisserais pas Mia et Lily, qui me rejoindraient bientôt, tomber entre ses griffes. Leur session d'entraînement terminée, elles seraient probablement les premières tuées.

Après moi, bien sûr.

Alex ne m'avait pas seulement trahie moi. Il avait trahi sa planète, et les autres planètes également. Tous les aspirants Starfighters qui suivaient actuellement la session d'entraînement seraient des cibles potentielles.

J'étais en colère. Furieuse. Hors de moi. Comment osait-il se retourner contre des gens si pacifiques ! Ok, les humains étaient aussi des connards, mais nul besoin de faire exploser leur planète pour autant.

Je retombai sur le lit de pierre. Vaincue. Anéantie. J'avais fait confiance à Alex. J'avais fait abstraction de tout, s'agissant de lui. Bon sang, mon corps était encore endolori vue sa façon de me posséder la nuit dernière.

Un couple n'était qu'un simple mot, après tout. Partenaire, un terme comme un autre. Rien de plus. J'étais peut-être liée à lui par les coutumes en vigueur sur Vélérion, mais il n'était pas plus à moi que je n'étais à lui. Il m'avait *cédée* à la Reine Raya.

Plutôt crever que revenir lui lécher les bottes. La mort semblait apparemment être la meilleure solution.

———

Appartement d'Alexius, *base de l'astéroïde Syrax.*

— Ma femme va mourir, dis-je, hors de moi.

Je pivotai sur mes talons et envoyai valdinguer le contenu de la table devant moi. Les papiers et la vaisselle volèrent et se fracassèrent au sol.

Nave et Trax demeuraient imperturbables. Ils exerçaient la fonction d'agent double depuis assez longtemps pour ne pas broncher face à mes accès de colère. Faire semblant d'être constamment un pourri était vraiment pénible quand on aspirait à faire le bien au fond de soi, au plus profond de son âme. La paix.

Nous étions dans l'appartement commun qui nous avait été attribué sur Syrax, lorsque nous nous étions enrôlés dans la flotte des Ténèbres. Nous ne nous cachions pas sur la base de l'astéroïde. Nous avions été accueillis parce qu'ils croyaient à notre loyauté envers la Reine Raya. Des traîtres à Vélérion.

J'avais été comme eux, un pseudo agent double, fournissant des informations soigneusement triées par mon commandant pendant des mois. Juste assez pour leur faire croire que nous étions des traîtres, pas assez pour mettre en danger quoi que ce soit de vital pour Vélérion. Nous avions dû nous lier d'amitié avec des membres de la flotte des Ténèbres. Porter leurs putains d'uniformes. Se casser le cul pour s'intégrer dans la société ici sur Syrax, en apprenant pas à pas à quelle sauce ils comptaient manger Vélérion et le reste de l'univers. Le plan visant à établir la suprématie de la Reine Raya avait de quoi donner des cauchemars.

Et alimentait souvent les miens.

J'avais dû quitter Syrax pour aller chercher Jamie sur Terre. Je ne leur avais pas donné la raison de mon déplacement. J'avais menti au Général Surano, mon chef sur Syrax, et prétexté avoir été appelé par le Général Aryk, mon commandant officiel sur Arturri. C'était un mensonge. Je n'avais pas été affecté sur Arturri avant que Jamie ait terminé sa formation.

On m'avait cru parce que je bossais correctement. Je trompais bien mon monde en prétextant être un agent double. Pour la flotte des Ténèbres, j'étais un des leurs. Rien que ça me donnait toujours des frissons, puisque j'étais censé trahir mon peuple. Je pouvais aller et venir à ma guise, leur fournir des informations, manger avec eux. Fêter les attaques réussies, rire de la mort de Vélérions, comme celle de mon frère par exemple.

Ils allaient franchement m'adorer pour leur avoir livré une Starfighter. Ma loyauté serait considérée comme une valeur sûre. J'avais malencontreusement offert une récompense à la Reine Raya. La première Starfighter originaire d'une nouvelle planète, entraînée via un nouveau système de formation. Un système qu'elle n'était pas censée connaître.

Mais elle le connaissait d'une certaine façon. Le Général Surano avait expressément mentionné la Terre lorsqu'ils avaient embarqué Jamie qui se débattait et luttait, en cellule.

Non seulement je leur avais livré une Starfighter, mais aussi ma moitié. Je prouvais ainsi à quel point j'étais impitoyable et insensible, puisqu'elle était aussi ma compagne.

— L'attaque surprise de Gamma 4 l'autre jour n'est pas passée inaperçue, dit Trax en se rasseyant sur sa chaise et en croisant les bras. Ça ne s'est pas déroulé comme elle le voulait. Raya a perdu trois vaisseaux Scythe et une navette bourrée de canons laser. Elle n'était pas contente.

— Surtout en apprenant que la destruction avait été

causée par un couple de Starfighters. Une *nouvelle* Starfighter, ajouta Nave.

— Putain.

J'avais pris l'habitude de voir Trax et Nave dans leurs uniformes gris de la flotte des Ténèbres. J'en avais revêtu un moi aussi. Je le détestais, la matière me donnait la chair de poule mais je n'avais pas le choix.

Surtout maintenant. Je devais faire semblant d'être le traître pour garder Jamie en vie, et trouver le vrai traître.

— Je n'y peux rien si elle est hyper douée, rétorquai-je.

Je songeais à autre chose qu'à ses performances de vol. Elle était aussi incroyablement douée au lit, ses caresses et ses cris de plaisir me comblaient. Je serrai les dents à l'évocation de ce souvenir.

Nue sous moi, elle était pure. Douce. Innocente. Pas encore contaminée par la flotte des Ténèbres.

Elle était assise en ce moment-même quelque part dans une cellule située dans le sous-sol de ce rocher. Seule. Attendant la mort.

— La nouvelle des prouesses de la mystérieuse Starfighter s'est répandue comme une traînée de poudre dans tout Syrax et la flotte des Ténèbres.

Nave se pencha en avant, mains sur les genoux.

— Raya voulait des réponses, alors elle est partie en chercher.

— C'est pour ça qu'une armada nous attendait en embuscade sur Port Vion Hex ? demandai-je.

— Elle ignorait que la nouvelle Starfighter de Terre était ta femme. Mais Jamie n'aurait jamais attiré l'attention de la reine si elle n'avait pas été aussi douée en combattant ces vaisseaux Scythe sur Gamma 4, avoua Trax.

Je posai mes mains sur mes hanches.

— Si elle n'était pas aussi douée, ces Scythe nous auraient achevés tous les deux et anéanti la base.

Nave haussa les épaules.

— Elle était trop forte. Elle sortait du lot. Ta femme désormais captive est la récompense ultime. Une arme à utiliser contre ceux-là mêmes qui l'ont rendue aussi douée.

— Jamie n'attaquera jamais Vélérion.

— Tu en es sûr ? demanda Trax.

Je hochai la tête d'un air sombre.

— Sûr certain. Mais la Reine Raya est désormais au courant pour l'École de Formation des Starfighters, que nous recrutons des Starfighters d'autres planètes pour grossir nos rangs. Que nous les formons sur leurs planètes-mère. Elle est au courant de tout ça.

— Tu n'avais pas le choix, dit Nave. Trax hocha la tête pour confirmer. Ils formaient un couple vigoureux, tous deux avaient grandi dans l'hémisphère sud. Nave était clair, Trax avait la peau mat et les cheveux bruns.

Je passai une main sur mon visage et soupirai.

Nave poursuivit.

— C'était soit jouer ton rôle d'agent double et livrer Jamie pour gagner du temps, soit être réduit en miettes.

J'essayais de respirer profondément, de faire passer ma colère et ma frustration. Je devais sauver Jamie, mais comment ? Je devais l'exfiltrer de la base sur cet astéroïde infernal et retourner sur Arturri.

— Je n'ose imaginer ce qu'elle pense de moi. Elle me vouait une confiance aveugle.

— C'est ça, un couple, dit Trax, bien qu'il ne soit en couple avec personne. Deux moitiés formant un tout.

— Elle s'est donnée à moi, m'a fait confiance sur tous

les plans. Et moi je *l'ai donnée* à la Reine Raya. La trahison ultime. Non seulement Jamie va mourir, mais elle va mourir en croyant que je l'ai utilisée.

— Arrête de parler avec ta bite et fais marcher ta cervelle. On est trois. Nave et moi sommes incapables de démasquer le traître. Putain, je le déteste, il est hyper coriace.

Trax faisait les cent pas dans la petite pièce, tandis que Nave et moi le regardions. Il avait raison. Impossible d'avoir les idées claires quand Jamie était impliquée.

— Je dois dîner avec la reine et le Général Surano, grommelai-je.

Je doutais de pouvoir avaler quoi que ce soit.

— Putain. Elle t'a invité à sa table ? C'est une première.

Nave semblait surpris.

— Espérons qu'elle ne m'invite pas dans son appartement après dîner.

Je frissonnai en songeant aux rumeurs que nous avions toutes entendues quant à l'appétit de la reine pour la douleur pendant qu'elle prenait son pied. Si certains aimaient ça, tant mieux, mais ce n'était pas ma tasse de thé. Je ne voulais pas d'autres mains de femme sur moi hormis celles de Jamie. Point final.

— Je suis sûr que Raya veut se glorifier, n'oublions pas qu'elle détient Jamie en cellule. Tu pourrais peut-être découvrir ce qu'elle mijote ? On peut essayer d'exfiltrer ta compagne d'ici et faire en sorte que vous quittiez tous les deux cet astéroïde ?

Trax cessa de faire les cent pas et me regarda.

— Aux grands maux les grands remèdes. Jamie ne va pas mourir et toi non plus.

— Tu devrais être fier d'elle. Putain, moi je suis fier

d'elle, et on ne s'est pas encore rencontrés. Elle refuse de prêter allégeance à la reine.

Nave secoua lentement la tête, se leva et posa sa main là où se trouverait l'écusson s'il portait son uniforme Vélérion.

— C'est une vraie Starfighter, dit Trax.

J'étais d'accord. J'étais extrêmement fier d'elle. Elle avait dû prendre la décision ultime, choisir entre la mort et renoncer à tout ce qui pourrait détruire non seulement Vélérion et la Terre, mais aussi la ribambelle de planètes que la reine avait l'intention de conquérir.

— Vous réalisez que trahir la reine et récupérer Jamie vous vouerait tous les deux à une mort certaine.

Trax acquiesça.

— Alors nous irons avec toi.

— Et le traître ? Vous allez gâcher des mois de travail.

— Qu'il aille se faire foutre, on le chopera quoiqu'il arrive. Ce sera juste un petit peu plus long que prévu, rétorqua Nave.

13

Jamie

JE M'ENDORMIS allez savoir comment, le lit de roche étant loin d'être confortable. Le froid s'infiltrait dans mes os. Je serais bien sûr exécutée. Ça aurait dû me tenir éveillée, mais non.

Je réalisais que je crevais de froid lorsque le bourdonnement et le grésillement continus du mur strié de faisceaux laser se turent.

Je me levai, grimaçai, et me massai mon cou.

Avant de bondir sur mes pieds en voyant Alex. Les rayons laser du champ de force étaient désactivés, il se tenait du côté opposé à celui où ils devaient être normalement. Il n'était pas seul. Une femme se tenait légèrement de biais par rapport à lui. Une femme effrayante vêtue de gris, semblable aux autres uniformes de la flotte des Ténèbres, sauf qu'elle portait une espèce de veste lui arrivant aux chevilles. Le col pointu tenait du mélange entre la sorcière Maléfique du film de Disney et un costume de vampire fait à la va-vite.

Voilà donc la Reine Raya. Nous avions vu sa photo à la *Starfighter Training Academy*, mais pas en détail. Comme s'ils avaient créé son avatar à partir d'une simple photo et non grâce à de véritables scanners. Logique, puisqu'elle n'avait apparemment pas connaissance de l'existence du recrutement sur d'autres planètes, avant qu'Alex ne me livre à elle.

Elle devait avoir la cinquantaine, des cheveux noirs lissés en arrière en un chignon bas. Ses yeux étaient perçants et noirs, mais ce fut son regard qui me ficha la trouille. Un regard aussi froid que le lit de pierre sur lequel j'avais dormi. Un visage dénué d'expression. Je ne vis aucune arme sur elle mais repérai deux gardes derrière, très probablement prêts à lui obéir et faire le sale boulot.

Je doutais qu'elle ait un quelconque compagnon. Si c'était le cas, le mec était une lavette. Je me demandais si elle avait des amants et si oui, s'ils étaient morts de froid en la baisant.

— Tu ne ressembles pas à une Starfighter, dit-elle d'une voix grave et rocailleuse, semblable à celle d'un fumeur grillant trois paquets par jour.

J'avançai d'un pas vers elle et relevai le menton. Je mourrais de trouille mais je ne voulais pas le montrer. Il n'y avait pas eu de leçons en cas de capture par l'ennemi. Aucune leçon sur comment se comporter quand on s'adressait à une reine maléfique.

Je savais cependant une chose auquel je n'avais jamais songé jusqu'à présent. Elle ne voulait pas me tuer. Elle ne pouvait pas. Pas si elle voulait obtenir des détails sur la

Terre, sur la simulation, sur le nombre exact de futurs Starfighters susceptibles de venir prêter main forte à Vélérion. Vue la popularité du jeu sur Terre, des millions de personnes y jouaient certainement à cet instant précis.

Des millions. Des M-I-L-L-I-O-N-S. Bien sûr, j'étais forte en jeux vidéo, comme beaucoup d'autres aussi. *Beaucoup* d'autres. Je ne savais pas ce qui rendait le pilotage d'un Starfighter si difficile pour les Vélérions de souche, mais je ne doutais pas qu'il y ait probablement un millier de gamers acharnés sur le point de battre le jeu. Alors, oui, que cette salope aille se faire foutre.

Sachant ceci, je pris une profonde inspiration et déclarai :

— Vous ne ressemblez pas à une reine.

Elle faillit s'étrangler, haussa très haut ses sourcils sombres. La mâchoire d'Alex se contracta mais je ne lui accordai qu'un simple coup d'œil. Il ne méritait ni mon temps, ni mon attention.

— Bien, bien. Je me demandais à quoi ressemblait une humaine. Maintenant je sais. Grossière et impertinente.

Je croisai les bras sur ma poitrine comme si je n'avais pas été insultée. J'avais été traitée de bien pire par des gens qui réceptionnaient des colis.

— Merci.

— Je t'offre une dernière chance, Starfighter. Rejoins la flotte des Ténèbres, ou tu mourras.

Je levai les yeux vers le plafond austère de la cellule et tapotai mon menton du doigt, comme si je réfléchissais intensément.

— Vous n'allez pas me tuer.

— Oui.

— Non, absolument pas, répondis-je.

Elle rit à gorge déployée, la tête en arrière.

— Dis-moi pourquoi je ne devrais pas demander à ton compagnon de te briser la nuque sur-le-champ ?

Je vis les muscles d'Alex se contracter imperceptiblement, il n'esquissa toutefois pas le moindre geste.

— Parce que je ne vous sers à rien morte. Vous voulez des informations sur Vélérion. Sur le programme de formation créé pour recruter de nouveaux Starfighters. Si vous me tuez, vous n'obtiendrez pas vos réponses.

— Je peux les obtenir et te tuer ensuite.

Je haussai les épaules.

— Êtes-vous sûr d'obtenir toutes les informations dont vous avez besoin ? Je vous rappelle que je suis la *seule* à avoir obtenu le diplôme dans toute la galaxie. Je suis la seule à avoir suivi la nouvelle formation, étape par étape. Je vous rappelle avoir anéanti un escadron entier de vos pilotes la première fois que j'ai piloté mon vaisseau.

Elle la regarda d'un air mauvais.

— Tu oses me défier ?

Je haussai les épaules.

— Je ne fais que souligner la faiblesse de votre menace. Un dirigeant digne de ce nom ne fait pas de menaces s'il n'est pas en mesure de les exécuter.

Si de la fumée avait pu sortir de ses oreilles, elle serait sortie. Elle plissa encore plus les yeux et je sus qu'elle me détestait. Qu'elle détestait Vélérion. Diabolique jusqu'au bout des ongles. Et je venais de la défier et l'humilier.

Étais-je stupide ? Probablement, mais j'étais dans une cellule. Et j'allais peut-être mourir. Ce qui était certainement son intention depuis le début. J'avais peut-être gagné du temps. Peut-être... une parenthèse. J'étais toute seule ici. Alex n'était qu'à quelques mètres de moi mais il aurait pu tout aussi bien se trouver à l'autre bout de la galaxie, pour l'aide qu'il m'apportait.

Elle tourna la tête vers Alex.

— Saviez-vous que votre compagne serait si retors ? On serait en droit de penser que le programme de formation jouisse d'un meilleur processus de sélection.

Alex garda le silence un moment et haussa les épaules.

— Ce n'est qu'un jeu pour les humains.

Il tourna la tête et me regarda, planta ses yeux sombres dans les miens.

— N'est-ce pas, Jamie Miller de Terre ? Comme je l'ai toujours dit, ce n'était qu'un jeu. Rien de plus.

Je restai bouche bée devant ses paroles empreintes de dédain. Ses mots sonnaient creux. Ses phrases n'avaient aucun sens.

— Alexius, tu mèneras l'interrogatoire puisque tu la connais si bien, ordonna la reine. Fais en sorte que ce soit fait d'ici demain matin. Puis tue-la.

Elle regarda vers moi, tourna brusquement la tête dans un mouvement similaire au claquement d'un fouet.

— Tu es la *première* Starfighter, Jamie Miller de Terre. Mais pas la seule.

— J'accepte votre invitation à dîner, ma reine, avant de débuter l'interrogatoire.

Alex baissa la tête en signe de déférence pour accepter son ordre, j'avais envie de lui arracher les yeux. De l'embrasser et pleurer. Mais je ne fis ni l'un ni l'autre.

— Bien sûr.

Elle se retourna et partit, son manteau enroulé autour de ses chevilles, suivie par les deux gardes. Alex me jeta un ultime regard lourd de sens et lui emboîta le pas. Les faisceaux laser se rallumèrent et le bourdonnement revint, j'étais de nouveau seule avec mes pensées.

Je restai comme scotchée en songeant à la seule chose dite par Alex. *Ce n'était qu'un jeu.* Il n'en croyait pas un mot. Il avait même été catégorique à plusieurs reprises, c'était tout le contraire. Que voulait-il dire, pourquoi avoir dit ça ?

14

lexius

LES METS les plus délicats du Système Vega avaient un goût de boue et de cendre. Les délices proposés à la table de la reine n'étaient pas monnaie courante sur Syrax, du moins depuis les mois où j'endossais mon rôle d'agent double. Sous son règne en vérité, la plupart des citoyens de sa planète natale étaient à moitié affamés et devenaient fous.

Non pas qu'elle se souciât de son peuple. La Reine Raya n'avait qu'un seul amour, le pouvoir.

Le pouvoir sur Vélérion.

Le pouvoir sur la nouvelle Starfighter de Terre.

Le pouvoir sur moi.

J'avais essayé de rester hors de sa vue pendant presque tout le dîner, mon but étant d'être à la fois invisible et silencieux en sa présence. Je n'étais malheureusement ni l'un ni l'autre. Elle regarda dans ma direction, ses yeux étincelaient d'une lueur que je préférais éviter.

— Quelle surprise d'apprendre que c'est toi qui as amené notre nouvelle invitée, Alexius.

Je bus une grande gorgée de vin rouge pour masquer ma colère et mon dégoût. Rester calme et faire semblant était quasiment impossible. Ma femme croupissait dans une cellule en sous-sol sur ce putain d'astéroïde. Seule, effrayée et irrémédiablement en colère contre moi.

— Je vous ai prêté serment, ma reine.

Elle fit tournoyer le vin dans son verre, me fixa avec un regard aussi amical que celui d'un serpent qui ne présageait rien de bon. Si elle voulait... *plus*, je devrais le lui donner. La Reine Raya avait le don de faire ramollir ma bite et ratatiner mes couilles.

— En effet. J'aime tellement les surprises. Je suis extrêmement surprise que Vélérion ait pris des mesures aussi radicales pour recruter des Starfighters.

Un sourire maléfique s'épanouit lentement sur ses lèvres.

— Preuve en est que la destruction de leur flotte et leur équipage a effectivement été un coup dévastateur. J'admets que vous, les traîtres de Vélérion, êtes sans pitié. Je ne manquerais pas de remercier personnellement le Député Rainhart.

Elle leva son verre de vin à ses lèvres mais rit de longues secondes avant de boire. *Le Député Rainhart* ? Je clignai des yeux et luttai pour écouter malgré ma fureur. Je fermai étroitement les poings sous la table. La reine venait de lâcher le nom du traître au cours de ce putain de dîner ? Le Député Rainhart ? De la Délégation Vélérion ? L'un des dirigeants les plus fiables et les plus adulés de notre planète ?

Un député Vélérion était responsable de la destruction de la base des Starfighters ? De la mort de mon frère et sa femme ?

Rainhart. Son nom m'était inconnu, je n'avais jamais rencontré cet homme mais m'assurerais qu'il meurt d'une mort longue et douloureuse.

— Tu m'écoutes, Alexius ? Une session de formation à distance. Vue la performance du Starfighter hier... j'avoue être impressionnée. *Ta* duplicité m'impressionne, Alexius. Tu as œuvré à mes côtés depuis tout ce temps et m'as livré la Starfighter sur-le-champ. Bien joué. Il faut agir maintenant, avant que d'autres comme elle n'arrivent et ne fassent pencher la balance en faveur de Vélérion.

— Vous servir est un plaisir, ma reine.

Je baissai la tête dans un geste qu'elle interpréterait comme de la soumission, moi qui ne visais qu'à dissimuler mon regard haineux. La bile me monta à la gorge, j'avalai l'acidité au lieu d'exprimer le fond de ma pensée.

— Elle te regarde désormais avec une haine farouche. Si certains osaient remettre ta loyauté en question jadis, il n'en est plus question à présent. Jamie Miller de Terre te méprise !

Elle releva la tête et éclata d'un rire plein d'allégresse.

Je contractai fermement mes mâchoires. Tout était ma faute. J'avais fait du mal à Jamie. Seul point positif pour le moment, elle était toujours vivante... et j'avais découvert le nom du vrai traître. Nave et Trax pouvaient se barrer de ce caillou sans regrets.

Quelques minutes encore, et la reine emmènerait ses amants tout nouveaux tout beaux dans son appartement, en me laissant la tâche désagréable d'extirper des informations à Jamie par la torture— ou tout autre moyen.

Jamie avait plus ou moins dit à la reine d'aller se faire

foutre. La fierté de ma compagne était si exacerbée que je faillis m'étouffer. Plutôt mourir qu'abandonner Vélérion. Elle était sur Arturri depuis moins de deux jours et déjà loyale. Dévouée.

Si je ne nous sortais pas tous de ce merdier, elle mourrait. On mourrait tous. Je lui avais dit que je la protégerais et je faisais un boulot de merde. Je ne voudrais pas qu'elle rende son dernier souffle en croyant que le tissu de mensonges qui durait depuis des mois était vrai. Je me tuerais, ma vie serait foutue. Je devais attendre, laisser à Nave et Trax le temps de se mettre en position. Je devais suivre le plan pour m'assurer de ficher le camp de cet astéroïde, pas seulement Jamie, mais aussi Nave et Trax.

La reine rit à quelque chose que la personne placée à son côté lui murmura à l'oreille, et je devinai que le dîner était terminé. Ma patience fut récompensée lorsqu'elle posa son verre avec un soupir visiblement blasé.

— Bougez-vous.

Elle donna l'ordre à toute l'assemblée, mais ses cinq gardes personnels bondirent à son service, reculer sa chaise, l'aider à se lever. Non pas qu'elle soit faible. Non, loin de là. Au contraire.

Elle glissa ses bras dans le coude offert par un garde et se tourna vers moi avec les deux mâles qui la flanquaient.

— Tu as jusqu'à demain matin pour m'obtenir ce que je veux. La Starfighter doit accepter de se joindre à moi. Si tu échoues, je ne la tuerai pas, même si elle le souhaite, mais je te tuerai.

Une peur effroyable me serra l'estomac, une peur aussi glaciale et pesante que le putain de caillou sur lequel nous étions tous.

— Bien sûr, ma reine.

Je m'exprimai distinctement sans relever la tête. Elle poussa un grommellement satisfait et indiqua à ses gardes de l'escorter hors de la pièce. Son manteau couleur anthracite s'enroula autour de ses jambes.

Dès qu'elle fut hors de vue, je m'excusai auprès des convives à table, irrité mais pas surpris que deux des gardes restants de la reine s'avancent pour me suivre. Je n'étais soudainement plus du tout transparent ou silencieux.

— Je n'ai pas besoin d'aide, leur dis-je
— Bien sûr que non.

Le garde le plus haut gradé s'exprima pour deux et me tapa sur l'épaule. J'écarquillai les yeux devant son geste familier mais ne répondis rien.

— Nous sommes simplement là pour observer.
— Bien.

Je ne doutais pas qu'ils diffuseraient ma séance de torture avec Jamie directement dans l'appartement de la reine. J'avais entendu des rumeurs à son sujet pendant les nombreuses semaines passées sous couverture ; elle aimait notamment infliger de la douleur ou regarder un de ses sous-fifres le faire à sa place.

Je m'attendais heureusement à avoir de la compagnie. La première Starfighter était une nouveauté. Un spécimen à étudier. Ils devaient disséquer l'arme de l'ennemi. Dans ce cas, l'arme en question était une belle femme humaine.

J'ignorais les deux gardes alors que j'empruntais le chemin le plus long pour rejoindre les entrailles de la base astéroïde et retourner voir Jamie. Conduire les deux gardes exactement là où je voulais qu'ils soient faisait partie du plan.

Nous avions à peine fait vingt pas dans le long corridor lorsque l'éclairage s'éteignit. Ce n'était pas le noir complet mais surprenant tout de même quand on ne s'y attendait pas.

La reine, fidèle à son manque de confiance, ne m'avait pas donné d'arme. Je tournai les talons et frappai le garde le plus âgé sur le côté de la mâchoire avec mon poing fermé. Il tomba comme un arbre qu'on abat.

Putain, ça faisait du bien.

Son acolyte comprit à peine ce qui venait de se passer, qu'un couteau parfaitement dirigé fendit l'air et l'atteignit en plein cœur. Il écarquilla les yeux et se pencha afin de saisir la poignée du couteau. Je pris l'arme de sa main inerte et la retirai, il était mort. Un couteau était certes une arme d'un autre âge mais silencieuse, qui avait le mérite d'expédier l'ennemi en enfer sans attirer l'attention. Les tirs d'un pistolet laser seraient non seulement audibles, mais leur chaleur détectée par les capteurs de la base.

Grâce au couteau, j'avais rapidement expédié l'ancien garde, qui semblait se réveiller.

— Bien joué, mon pote.

Je me retournai en entendant la voix familière de Trax. J'étais concentré sur le combat mais heureux de voir son visage familier et amical.

— C'est bon de te voir. Ton timing était parfait.

— Hé les amoureux, si pouviez arrêter de vous faire les yeux doux, on doit dégager ces deux-là du couloir.

Nave se tenait dans l'embrasure de la porte désormais ouverte d'une salle de maintenance. Trax et moi soulevâmes l'homme mort par les épaules et le traînâmes à l'intérieur.

— Bien.

Nave toucha un bouton sur le bipeur à son poignet et les lumières du couloir se rallumèrent.

— C'était du rapide. On ne mourra peut-être pas aujourd'hui, en fin de compte.

— Putain, personne ne va mourir.

Je me penchai sur les deux gardes et les fouillai pour trouver des armes et autres appareils de communication, pris tout ce que je trouvais et le répartis entre nous trois. J'essuyai le sang du couteau sur l'uniforme du mort, et le rendis à Trax.

— Tiens. Prends ces armes.

J'en gardai une pour moi.

— Nous devons faire sortir Jamie vivante.

— Ne t'inquiète pas. On va exfiltrer ta compagne de ce rocher, m'assura Trax.

— Je ne partirai pas sans elle.

En gros, si elle mourrait, je mourrais avec.

— On le sait. On le sait, Starfighter.

Nave me donna une bourrade dans le dos. Je n'avais plus envie de tuer qui que ce soit après son geste.

— Magne-toi. On perd du temps.

— Une dernière chose. Le traître est le Député Rainhart. Retenez ce putain de nom. Rainhart.

Je devais m'assurer que l'information parvienne jusqu'à Vélérion si je mourais.

— Une saloperie de député ?

Trax semblait aussi furieux que moi.

Nave donna un coup de poing dans le mur.

— Tu l'as enfin découvert depuis tout ce temps ? Comment t'as fait ?

— La reine en a parlé au dîner. Comment il l'avait aidé à décimer toute la flotte et détruire la base des Starfighters.

Je vérifiai la batterie de mon nouveau fusil laser. Pleine charge. Excellent.

— Putain la salope.

Trax fulminait maintenant, sa peau était plus sombre, son pouls battait visiblement à la base de sa gorge.

— On a perdu des mois, et elle te donne son nom en plein dîner ?

— Oui. Maintenant, allons-y.

Je levai la main au niveau du boîtier de commandes et ouvris la petite porte. Une fois ouverte, j'avançai tranquillement dans le couloir vers la cellule de Jamie, mes deux amis derrière moi. Rien ne semblerait anormal si on nous voyait. Nous étions connus sur la base astéroïde. Tout le monde savait que c'était moi qui avais livré l'infâme Starfighter, que la reine m'avait ordonné de la torturer, que je devais la convaincre d'enrôler la flotte des Ténèbres ou la voir mourir.

Nous atteignîmes la cellule de Jamie en quelques minutes mais Trax et Nave s'éclipsèrent et disparurent. J'entrai comme prévu dans la fameuse zone, comme si on s'attendait à ce que je sois là. Ce qui était le cas. Les gardes à l'entrée de la prison me saluèrent sur mon passage.

— Où est ton escorte, Alexius ? Ou plutôt, Starfighter ?

Ils énonçaient le grade vélérion comme s'il était vénéneux. C'était une blague pour eux. Ils se moquaient de moi. J'avais d'autant plus envie de les tuer, je m'y refusais et attendrais le moment opportun. Pas maintenant. Pas quand j'étais à deux doigts de libérer Jamie.

J'avançai et passai devant eux, mais le garde de gauche baissa son arme pour me bloquer le passage.

— J'ai dit, où est ton escorte, Pilote ?

Ils n'étaient peut-être pas aussi stupides que je l'espérais.

— La reine a décrété qu'il lui fallait deux hommes de plus au lit ce soir.

Je mentais mais ça s'était déjà produit, et pas uniquement ce soir.

Les deux gardes me regardèrent en silence. Je les fixai en retour jusqu'à ce que l'un d'eux se mette à sourire. L'autre, mis à l'aise par son collègue, gloussa.

— Nous avons entendu parler de l'appétit de notre reine.

— Et vu les résultats, confirma le premier garde en frissonnant.

Je me penchai plus près et chuchotai. Je compatissais sincèrement.

— Je ne voudrais pas être invité à partager sa couche. Je préfère garder mon sang *dans* mon corps.

— Allez, passe.

Le deuxième garde s'écarta.

— Et n'y passe pas toute la nuit non plus, bon sang. On est de garde jusqu'à ce que tu en aies terminé avec elle.

— Vous deux ? Pourquoi ? Pas de relève de la garde ? demandai-je.

Le premier garde secoua la tête.

— Pas ce soir. Nous travaillons pour notre reine depuis le début. Elle nous fait confiance, nous restons ici jusqu'à ce que tu aies terminé. Compris ?

— Oui.

— Et joue pas au con. Si tu ne parviens pas à la faire avouer, je me ferai un plaisir de t'aider.

Sa proposition eut pour effet de contracter tous les muscles de mon corps, j'avais envie de lui tordre la nuque jusqu'à ce qu'elle se brise, mais ce n'était pas le moment.

Du calme, Alexius. Du calme.

— Je m'en souviendrai.

Je dépassai les deux gardes et entrai dans le quartier de la prison. Jamie était la seule prisonnière dans cette zone isolée, lourdement gardée.

— Jamie.

Je m'approchai de sa cellule et éteignis la barrière constituée de rayons laser. Le bourdonnement intense disparut, le calme retomba autour de nous.

Elle leva la tête depuis l'endroit où elle était, assise sur le lit de pierre. Putain, qu'elle était belle. L'uniforme Vélérion épousait chaque courbe de son corps de rêve que je connaissais parfaitement. Ses cheveux longs et épais étaient lâchés dans son dos. Son visage, dénué de toute émotion. Pas de larmes. Pas de colère. Aussi vide que l'espace dans lequel elle se trouvait. Tout était inconfortable et froid. Hors de question que ma compagne reste ici une seconde de plus.

Elle contemplait la caméra au plafond, un petit appareil identique à tous ceux de la base. Le fait qu'elle le fixe de ses yeux sombres prouvait qu'elle connaissait son existence. Restait à espérer qu'elle ait saisi le seul et unique vrai indice que j'avais pu lui fournir. Je devais lui faire savoir qu'elle pouvait me faire confiance, que mes actes, bien que convaincants, étaient un leurre.

Bien que nous soyons désormais mari et femme à part entière, nous ne nous connaissions intimement que depuis très peu de temps. La confiance qu'elle m'accordait était fragile et j'avais détruit le peu qu'elle m'avait donné, tout comme nous avions l'intention de détruire le port.

— Qu'est-ce que tu veux, Alex ?

Sa voix résonnait contre les murs impénétrables.

— Tu es venu me torturer ? Pourquoi ne pas tout raconter à la reine toi-même ? Tu étais peut-être ici sur ce stupide astéroïde mais à mes côtés tout ce temps. Tu sais, dans le..

— Jeu ?

Je prononçai l'indice de vérité. Je retins ma respiration et la regardais droit dans les yeux. Ils se radoucirent instantanément, de façon imperceptible.

Elle savait. *Elle savait.* Le soulagement me donnait presque le vertige.

Je m'approchai d'elle en tournant le dos à la caméra. Je me penchai et l'embrassai sur le front. Personne ne pouvait voir mon geste puisqu'elle était beaucoup plus petite. Ni voir la petite arme que je lui remettais.

Je voulais faire plus qu'effleurer sa peau avec mes lèvres, respirer son odeur, mais je n'osais pas.

— Ça n'a jamais été un jeu. Pourquoi avoir mis si longtemps ? chuchota-t-elle.

La tension dans ma poitrine faiblit légèrement.

— Plus tard. On va te sortir de là.

Une décharge de fusil laser toucha le sol à côté de ma botte.

— Je le savais. Je t'avais dit que c'était un traître.

Le premier garde à l'entrée prit la parole, son arme pointée sur Jamie.

— N'y pense même pas.

Le second appuya sur le bouton du mur et réactiva la barrière laser, je me retrouvai piégé à l'intérieur avec Jamie. J'avais beau avoir une arme, je ne pouvais rien faire. Je pouvais tirer sur l'un d'eux, mais nous mourrions immédiatement. Il n'y avait rien pour nous protéger si l'autre garde nous exécutait dans la cellule rocheuse.

— Alex ? dit-elle.

Je m'interposai entre elle et le connard qui pointait un fusil laser sur sa tête.

— Je le poserais, si j'étais toi.

Mes paroles n'avaient aucun poids. Les deux gardes échangèrent un regard et rirent à gorge déployée.

— Tu es vraiment stupide.

— Ah bon ?

Je levai les mains, paumes vers l'extérieur.

— Dernière chance. Posez-ça et vous aurez la vie sauve.

Le garde le plus proche du boîtier de commande se moqua de moi et tira un autre coup en direction de mes bottes.

— Informe les gardes de la reine. Dis-leur que nous avons un autre traître ici.

Le premier garde leva la main pour tapoter sur son bipeur mais tomba raide mort avant d'avoir pu appuyer sur le bouton.

— Qu'est-ce que...

Une deuxième explosion silencieuse mit fin à la question avant que l'autre garde n'ait terminé. Il tomba raide mort sur son acolyte tandis que Trax courait vers le panneau de contrôle et désactivait la barrière laser.

— Filons, Alexius. On aura toute la base à nos trousses d'ici quelques minutes.

J'ignorai Trax et me tournais vers Jamie.

— Tu vas bien ?

— Oui. J'étais tellement...

— Je suis désolé.

Ce n'était ni le moment ni l'endroit, mais je devais le

lui dire. Je ne pouvais pas attendre une seconde de plus pour arranger les choses.

Elle posa sa main sur mon avant-bras.

— Je comprends. Tu n'avais pas le choix. Et je devais y croire sinon la reine aurait vu clair dans mon jeu. Mais bon sang, Alex !

Elle posa son front contre ma poitrine.

— Ne me fais plus jamais ça. Jamais.

— Ok.

J'aurais recommencé mille fois pour la protéger, mais une ruse de cette nature ne marcherait plus après ça. Je pouvais tirer un trait sur ma carrière d'agent double.

— Je suis toujours en colère.

— J'ai compris.

Je relevai son menton d'un geste tendre et pressai brièvement mes lèvres sur les siennes.

— Tu m'engueuleras plus tard.

— Compte sur moi.

— Je préfèrerais te faire crier pour une raison plus agréable.

— Bougez-vous, tous les deux.

Trax me lança le méga fusil laser que j'avais pris au garde mort. Je l'attrapai au vol et regardai le plus petit que j'avais confié à Jamie.

— Tu sais t'en servir ? demandai-je.

Elle haussa les épaules mais ne semblait pas effrayée par l'arme.

— Ça a l'air plutôt standard. Je me débrouillerai.

Je l'embrassai à nouveau. Il le fallait.

— Magnez-vous ! hurla Nave depuis l'extérieur de la cellule où il montait la garde.

Trax courut vers l'entrée et glissa sur ses genoux en

s'approchant de l'ouverture, visa et tira si rapidement que je n'essayai même pas de suivre.

— Reste derrière moi, ordonnai-je à Jamie en rejoignant mes hommes au combat. On doit rejoindre le hangar et le *Valor*. C'est notre seul moyen de sortir d'ici.

La fusillade s'acheva en quelques secondes, je tendis ma main libre pour attirer Jamie vers moi. Je pressai sa paume, une fois à mes côtés.

— Reste près de moi.

Je regardai Trax.

— Allons-y.

Nous nous étions entraînés ensemble pendant des mois. Dans les airs. Nous n'étions pas des combattants au sol mais Jamie et moi formions une équipe.

Trax détala à toute allure, traversa la petite zone à découvert avant de disparaître dans un second couloir. Le long corridor débouchait sur un ascenseur menant à la zone d'envol.

Je fis un signe de tête à Jamie et nous traversâmes la zone à découvert ensemble, Trax et Nave nous couvrirent en adoptant des positions croisées. Jamie et moi, une fois en sécurité dans le couloir, fîmes de même pour Nave qui nous rejoignit en courant. Il glissa sur ses genoux et s'arrêta pile à l'intérieur du couloir. J'attrapai son épaule.

— Tu as bien éteint le rayon GravEx ?

Il hocha la tête, le souffle court.

— J'ai fait sauter tous les fusibles du tableau électrique. A supposer qu'ils s'en aperçoivent, il faudra au moins une heure à un technicien pour tout remettre en marche.

— Excellent.

Je me tournai vers Jamie.

— Comment tu te sens ?

Elle humecta ses lèvres, jeta un coup d'œil à nous trois à tour de rôle avant de planter son regard dans le mien.

— Je vais bien. Le GravEx, c'est le fameux rayon-tracteur qui nous a attiré à bord du vaisseau de guerre ?

Tracteur ? J'ignorais totalement la signification de ce mot mais je compris ce qu'elle voulait dire.

— Oui, un faisceau d'énergie inversant la gravité. Reprendre le contrôle d'un vaisseau atteint par ce rayon est impossible.

— Mais il est désactivé maintenant ?

— Oui, complètement grillé, lui assura Nave.

— Parfait. Conduisez-moi à mon vaisseau et je nous sortirai d'ici. Vous m'avez sauvée la vie, c'est à mon tour.

— En esquivant les canons laser et les combattants Scythe ? demanda Trax en esquissant un rictus.

Elle sourit et je tombai encore plus amoureux.

— Un jeu d'enfant.

Trax la prit au mot et partit en courant. Nous lui emboîtâmes le pas, arrivâmes à l'ascenseur sans incident et entrâmes à l'intérieur. Les portes se refermèrent, Nave appuya sur le bouton pour monter.

— C'est six étages au-dessus.

Il fit un pas en arrière et pointa son arme vers les portes fermées.

— Je n'ai aucune idée du nombre d'arrêts qui nous attend. Ou qui se trouvera de l'autre côté de ces portes chaque fois qu'elles s'ouvriront.

Avertissement bien reçu, nous formâmes un rang, armes pointées vers la porte.

Deux étages.

Trois.

L'ascenseur ralentit au quatrième étage. L'alarme de

la porte retentit. La porte s'ouvrit en grand sur trois ingénieurs qui attendaient de monter. Nous tirâmes en chœur.

Ils tombèrent raides morts.

Les gens criaient. Détalaient.

La porte de l'ascenseur se referma et la cabine poursuivit son ascension.

Une alarme retentit dans la cabine exiguë et Jamie mit ses mains sur ses oreilles.

— Bon sang, c'est bruyant, cria-t-elle.

Je me fichais complètement du bruit. Seul le ralentissement de l'ascenseur m'importait. Nous nous arrêtâmes entre le cinquième et le sixième étages.

— Putain ! s'écria Nave.

— Ferme-la et file un coup de main, dis-je.

Je me plaquai d'un côté des portes, Trax et Nave de l'autre.

— Poussez, ordonnai-je.

Jamie était dos au mur du fond, son pistolet laser pointé vers le plafond de l'ascenseur, je trouvais l'idée stupide jusqu'à ce qu'un panneau se déplace sur le côté et qu'un combattant de la reine apparaisse dans l'espace béant en pointant son arme droit devant lui.

Jamie l'abattit du premier coup, il tomba inanimé au sol à ses pieds. Elle regarda l'homme mort et moi, leva à nouveau les yeux et son arme vers le plafond. J'en conclus qu'elle avait compris le fonctionnement de son arme.

— Vous feriez mieux de vous magner.

— Si Nave ne buvait pas autant de bière, on aurait déjà ouvert cette porte, grommela Trax alors que nous tentions de forcer les portes.

— Tu me pousses toujours à boire plus que de coutume, rétorqua Nave en souriant.

Je pris une profonde inspiration tandis que Jamie tirait un autre coup vers le plafond.

— Ferme ta gueule et POUSSE !

La porte s'ouvrit dans un craquement, pile assez pour la forcer complètement. Les poutres métalliques soutenant l'étage supérieur apparurent devant nous, l'espace entre les poutres entrecroisées était tout juste suffisant pour se faufiler en rampant.

Trax grimpa pour ouvrir la voie, je tendis la main à Jamie et Nave la suivit. Ils se retournèrent pour donner la main à Jamie tandis que je la hissais et grimpais après elle. L'espace était réduit et étroit. Nous étions entre deux étages, bien que tout le monde dans la base sache exactement où nous nous trouvions. Je surveillais nos arrières pendant que nous progressions dans l'obscurité. Des gardes ne tarderaient pas à se lancer à notre poursuite.

Le grondement des pas de course martelant le sol au-dessus de nos têtes engendra un nuage de poussière, nous nous retrouvâmes parsemés de menus morceaux de roche et de terre.

— Où est Lily quand j'ai besoin d'elle ? demanda Jamie.

— Qui est Lily ? rétorqua Trax sans ralentir.

— Une bonne copine. Elle réduirait cet endroit en poussière avec joie.

Je gloussai. Jamie n'avait pas tort. J'avais vu des vidéos des missions de simulation effectuées par Jamie et ses amies, Lily et Mia. Les deux femmes feraient de formidables alliées.

Un rayon laser frappa le rocher à ma droite, j'esquivai tandis que l'impact projetait des débris sur moi. Je me tournai aussi loin que possible dans le petit espace, ripostai jusqu'à ce que je voie le combattant juste derrière moi s'effondrer au sol, inerte. Le traîner hors de l'espace exigu les ralentirait un peu.

— C'est là !

Trax tourna sur sa gauche, rampa sur et à travers une série de poutres métalliques entrecroisées. Nous suivîmes lentement et nous retrouvâmes entassés sous un panneau grillagé qui donnait visiblement sur l'étage supérieur. Trax leva l'extrémité de son fusil laser vers le panneau mais sans l'ouvrir.

— Sauf erreur de ma part, ça donne directement dans la salle de contrôle de la rampe de lancement. L'équipe compte habituellement quatre contrôleurs.

— Quatre méchants. Compris.

Jamie regarda Trax dans les yeux.

— Allez. C'est parti.

Trax ne me regarda pas pour avoir une confirmation, et je compris que Jamie avait gagné son respect. Non seulement elle n'avait pas craqué devant la reine, mais elle nous avait sauvés la vie dans l'ascenseur. Entendre parler d'une nouvelle Starfighter traquant des combattants Scythe n'avait rien à voir avec le fait de la voir en action. Sur le terrain, avec une arme qu'elle n'avait encore jamais vu.

Nous joignîmes nos épaules à celles de Trax, soulevâmes le panneau et l'écartâmes d'un seul geste. Jamie et Nave passâmes par l'ouverture, à distance suffisante pour ouvrir le feu.

L'escarmouche s'acheva en quelques secondes.

Jamie me regarda et hocha la tête.

— La voie est libre. Allons-y.

J'acquiesçai vigoureusement et Trax fit de même avec

Nave. Jamie montait la garde pendant que Nave m'aidait à grimper par l'ouverture ménagée dans le sol. J'aidai Trax pendant que Nave progressait vers la salle de contrôle.

Il contempla l'écran.

— Ils n'ont pas déplacé le *Valor*. Suivez-moi.

Nave se précipita hors de la salle de contrôle et nous lui emboîtâmes le pas. Les sirènes hurlantes s'étaient réduites à un bruit de fond. Je mobilisais toute mon attention pour nous mener jusqu'au *Valor*. Nous devions survivre. Nous devions informer le Général Aryk et les autres des agissements du Député Rainhart. En outre, Vélérion avait besoin de Jamie, la Starfighter, pour protéger la planète.

Et merde. *J*'avais besoin d'elle.

Nous courûmes à perdre haleine d'un vaisseau à l'autre, d'un caisson à un atelier de soudure. D'une cachette à l'autre, tandis que le chaos absolu régnait dans la base alentour.

Parvenus assez près et à portée de vue du *Valor*, Jamie se dissimula derrière une caisse et pesta.

— Ils l'ont arrimé.

Trax jeta un coup d'œil par-dessus la boîte voisine et se baissa à nouveau.

— Elle a raison. Nous allons devoir faire sauter ces câbles pour décoller.

— En espérant qu'ils n'aient pas réparé le rayon GravEx, dit Nave.

— Et monter à bord sans se faire griller, ajoutai-je.

Jamie éclata de rire, nous la regardâmes tous les trois comme si elle avait perdu la tête, ce qui la fit rire d'autant plus.

— Dans le *jeu*, Alex... la mission sur Astéria. Tu t'en souviens ?

Elle vérifia le niveau de puissance de son arme sans cesser de parler.

— Primo, atteindre le vaisseau. Je vais le mettre en marche pendant que vous vous occupez de faire sauter les câbles avec vos fusils.

— Une petite cible, dit Nave.

Jamie leva les yeux vers lui.

— T'auras moins de chances de te planter.

— Pardon ?

— C'est tiré d'un film. Peu importe.

Elle rangea son arme sur le flanc et regarda notre vaisseau.

— Ne vous plantez pas.

Jamie ne nous laissa pas le temps de répondre et partit comme une dératée vers le vaisseau.

Les scanners biométriques du *Valor* la reconnurent instantanément, l'écoutille pour monter à bord s'ouvrit. Elle se glissa à l'intérieur tandis que plusieurs tirs ricochaient sur la carlingue, assez près pour cramer ses cheveux.

— Allez-vous faire foutre.

Je me levai et fis pleuvoir un déluge mortel sur la nuée de combattants qui couraient vers nous. Trax me rejoignit et nous nous avançâmes jusqu'au vaisseau. Nave disparut à l'intérieur.

— Allez ! ordonnai-je à Trax.

Il obéit, non sans tirer sur deux des câbles avant de disparaître à l'intérieur.

Je me chargeai de deux autres, mon uniforme de la flotte des Ténèbres essuya deux tirs de nos attaquants, avant de grimper à bord et m'installer dans le siège du copilote.

— Vous deux, ouvrez la trappe supérieure et débarrassez-vous des câbles restants, ordonna Jamie. Elle ouvrit la petite trappe de secours d'un geste du poignet. Trax et Nave, tous deux dos à dos, tiraient à l'extérieur du vaisseau.

Nave toucha sa cible en premier, plongea et s'attacha au petit strapontin derrière le siège de pilote de Jamie.

Trax était juste derrière lui.

— C'est bon. Allons-y.

— Bien reçu.

Jamie alluma le moteur pendant que je fermais l'écoutille. Trax s'attacha à son strapontin derrière moi, les genoux des deux hommes se touchaient dans l'espace exigu. Le *Valor* était construit pour sa vitesse et sa maniabilité, pas pour transporter des passagers, mais je doutais que l'un ou l'autre ose s'en plaindre.

Jamie me regarda.

— Tu es prêt ?

— Toujours.

Je voulais dire prêt à tout, pas seulement voler, le désir dans ses yeux donnait à penser qu'elle avait parfaitement saisi l'allusion.

— Accrochez-vous !

Elle s'agita dans son siège et fit passer le vaisseau de l'arrêt à la vitesse maximale en un rien de temps.

Nave poussa un juron, le côté de sa tête heurta l'habitacle.

Trax rit.

— Tu n'as rien entendu, n'est-ce pas ?

J'avais le système d'armement en ligne et ce que je voyais ne me plaisait pas du tout.

— Ta gueule. On a de la compagnie.

— Combien ? demanda Jamie en nous guidant par les portes du hangar.

Je reconnus la voix qu'elle adoptait durant notre formation. Concentrée comme un faisceau laser. Tranchante.

— Tous.

Nous sortîmes dans l'espace sidéral et fonçâmes droit vers la bataille. Les combattants Scythe volaient au-dessus et en dessous. Les tirs laser parvenaient d'au moins cinq directions différentes. Aucune chance que la reine laisse échapper un Starfighter et trois traîtres.

Jamie effectua une descente en piqué et nous poussâmes tous un soupir de soulagement lorsque le rayon GravEx ne se mit pas en marche pour nous ramener à l'intérieur.

— Je vous l'avais bien dit, j'ai pété tous ces fusibles. Putain, tout détruit, s'exclama Trax.

— Bien joué.

Je me tournai vers Jamie.

— Tu ne peux pas les abattre tous.

Je jetai un coup d'œil à nos passagers.

Jamie tira sur un combattant Scythe, m'écouta mais n'en avait clairement rien à foutre, et l'envoya ad patres, fit osciller le *Valor* d'un simple mouvement du poignet afin d'éviter deux missiles en approche.

— Vous avez trouvé qui est le traître ?

— Oui, Starfighter. La reine a communiqué l'information à ton mari.

— Sans déconner ? En plein dîner ? C'est franchement limite.

Elle tira une fois encore et dirigea le *Valor* vers les confins de l'espace.

— Ok. Fichons le camp d'ici.

15

Jamie

— On a réussi ! s'écria Trax, derrière Alex.

Ces types étaient grands et l'espace derrière nous minuscule. Je ne pouvais pas regarder derrière nos sièges à haut dossier mais je les imaginais les genoux au niveau du nez. La voix vibrante d'allégresse de Trax ne laissait pas transparaître la moindre sensation d'inconfort.

Alex tendit la main, la posa sur mon épaule et serra. Je regardais dans sa direction, croisais ses yeux sombres.

Je n'avais aucune idée du temps passé seule dans cette cellule rocheuse. Suffisamment longtemps pour réfléchir à tout ce qu'Alex m'avait dit. Chacun de ses actes. Ses différences. Son regard. Ses caresses. Tout ça. Avant de réaliser ce qu'il avait fait... me capturer moi et le *Valor* pour la reine.

Il était fort. Il méritait un Oscar[1] puisque je l'avais cru.

C'était probablement ce qui nous avait tous sauvés. J'avais été anéantie par sa présumée trahison. Je n'aurais jamais pu simuler. Mais ses paroles, *ce n'est qu'un jeu pour les humains*, si mal choisies qu'elles sautaient quasiment aux yeux, occupaient toutes mes pensées.

Pourquoi ?

Pourquoi avoir dit ça ? Pourquoi avoir menti à ce sujet ? Pourquoi faire ça ?

La réponse s'était imposé soudainement à moi. Pour nous sauver la vie. Il ne m'avait jamais parlé de son travail avant que j'achève la session d'entraînement. Pas un seul mot. Ça m'avait traversé l'esprit tandis que je réfléchissais à tout ça. Pour un autre motif.

Pourquoi ne m'avait-il pas parlé de ce qu'il faisait avant de devenir Pilote d'élite ?

Parce qu'il ne pouvait pas. Parce qu'il aurait été obligé de mentir.

— Je suis désolé, répéta-t-il.

— Tu étais un espion, dis-je.

Il acquiesça.

— Avec ces deux-là.

Je jetai un coup d'œil par-dessus mon épaule.

— Je devais te remettre à la reine. Putain, la chose la plus difficile jamais faite de toute ma vie.

Son regard devint sombre, torturé.

— Je comprends.

Il secoua la tête.

— Non, tu ne comprends pas. Pas encore. Je te raconterai tout dès notre retour sur Arturri.

— Le Général Aryk voudra un débriefing, ajouta Nave.

Inconsciente à l'époque, je n'avais pas assisté à leur petit accrochage mais j'avais le sentiment que ce débriefing durerait des plombes. On ne voyait pas tous les jours trois agents doubles rentrer sur la base avec la première Starfighter de Terre et son vaisseau. Ouais, il serait assurément furax.

— Putain, marmonna Alex, j'ai d'autres choses de prévues avec toi, ma chérie.

— Hé, je te rappelle qu'on fait nous aussi équipe avec la pilote, dit Trax.

Alex contracta sa mâchoire.

— Trouvez-vous des nanas, répondit-il.

— Vivement que ce soit le cas, rétorqua Nave.

— Nous sommes en dehors de l'espace aérien de l'astéroïde. Nous ferions mieux de les contacter, dit Alex.

Je hochai la tête et il poursuivit :

— Poste de commandement de la base Arturri, ici le *Valor*.

— Ici la base Arturri. Nous vous avons sur le radar. Identifiez-vous.

Je jetai un coup d'œil à Alex.

— Ici le *Valor*. Nous avons échappé à Syrax et rentrons à la base avec deux passagers.

— Nous avons l'ordre de tirer et vous tuer, Starfighter.

Putain. Jamie me regarda, stupéfaite.

— Ici la Starfighter Jamie Miller du *Valor*. Ne tirez pas. Je répète, ne tirez pas. Il n'y a pas d'ennemis à bord. Deux amis m'accompagnent. Dites au Général Aryk que nous connaissons le traître et qu'il n'a pas intérêt à nous pulvériser.

Il y eut un silence radio momentané et je retins mon souffle. Je n'avais pas vraiment imaginé qu'Alex serait considéré comme un ennemi après ce qu'il avait fait. Je l'aimais vivant et devais faire en sorte qu'il le reste.

— Ravi de l'apprendre, *Valor*. Feu vert pour Arturri.

Le soulagement à l'annonce de la réponse me donna presque le vertige. J'étais dans l'espace depuis si peu de temps, et pourtant prête à retourner sur Arturri. Sur ma nouvelle planète. Avec Alex... qui avait beaucoup d'explications à me donner. Le poids de ses responsabilités était extrêmement lourd, qu'il l'ait porté seul ou partagé avec Nave et Trax. Cette pression sur ses larges épaules avait dû être des plus pénible.

Je le respectais... je l'aimais encore plus.

Un voyant rouge lumineux clignota. Un missile balistique apparut sur notre écran radar.

— Alerte missile, annonçai-je, yeux rivés à l'écran.

— Ce n'est pas un missile entrant, dit Alex qui regardait aussi.

— Tiré de Syrax, confirmai-je, il ne fait pas route vers Arturri ou Vélérion.

— Il se déplace rapidement. Un MBI.

— Oh merde, murmurai-je, je ne savais même pas que ça existait.

MBI, pour *missile balistique interplanétaire*. Une sorte de bombe atomique capable de voyager dans l'espace. Assez gros pour détruire une planète du premier coup. La *Starfighter Training Academy* y faisait souvent référence mais je n'avais jamais eu à en affronter un, il n'y en avait pas à l'entraînement. Une fois tiré, il détruisait l'ennemi d'un coup d'un seul. Une planète entière, une espèce entière, leur civilisation, disparue. La guerre était terminée.

— Ils sont réels. Celui-ci se dirige vers la grille soixante-sept. C'est... oh putain.

Je regardai Alex, soudainement paniqué. On s'était barrés de Syrax sans qu'une goutte de sueur ne perle sur son front. Mais là... ça sentait mauvais.

— Quoi ?
— Il fait route vers la Terre.
— Hein ? m'exclamai-je.
— Un missile balistique se dirige vers ta planète natale ? s'enquit Trax.
— Vengeance de la Reine Raya.
— Nous devons l'arrêter !
— Un autre vient d'être tiré, dit Alex en pointant son doigt.
— En approche... en approche, Vélérion est visé. Missile balistique dans trois minutes, débita en toute hâte la voix du technicien.
— On peut les pulvériser en plein vol ? demandai-je.
Alex secoua la tête,
— Oui, mais on ne peut en viser qu'un seul à la fois.
— Quoi ? Mon cœur battait pratiquement à tout rompre.
— Nous n'avons qu'un seul missile susceptible de détruire le MBI. On ne pourrait pas détruire les deux, même en volant suffisamment vite.
— On peut éperonner le deuxième avec le *Valor*, insistai-je. Non pas que je veuille me suicider, mais la vie de milliards d'humains était en jeu.
Trax soupira derrière moi.
— C'est du gros calibre, Jamie. Ce vaisseau ricocherait comme une balle et le missile ne ralentirait même pas.
— Nous allons devoir faire un choix ?
Comment choisir entre la Terre et Vélérion ?
— Comment diable puis-je décider quelle planète sauver ?
Le silence envahit le vaisseau pendant deux secondes, puis le système de communications se mit à bourdonner d'activité.

— *Valor*, ici le *Triton*. Nous venons de décoller d'Arturri. Nous avons identifié le BMI qui se dirige vers Vélérion. Le *Lanix* est trente secondes derrière, prêt à intervenir. *Valor*, nous sommes trop loin pour atteindre celui faisant route vers la Terre.

— Bien reçu, *Triton*, répondit Alex avant de se tourner vers moi.

— Nous ne sommes pas seuls. Tu es peut-être la première Starfighter, mais tu n'es pas seule.

Je hochai la tête. J'avais oublié.

— Oui, tu as raison. Dieu merci.

— Chopez ce putain de BMI. Je veux épouser une humaine comme toi. Si ta planète est détruite, mes chances aussi, déclara Nave.

Je me mis à rire, malgré le gros missile se dirigeant vers la Terre pour la faire sauter.

— Accélération dans trois, deux, un.

Je n'attendis pas une seconde de plus, le *Valor* vira de bord en direction du BMI et je mis les pleins gaz, poussant le *Valor* au maximum de ses capacités.

La vitesse proche de la lumière était carrément décoiffante. Une rapidité qui vous scotchait au siège, brutal, un truc de fou.

Nous sautâmes quelques réseaux sur le radar de navigation et rattrapâmes le missile en trois minutes environ. L'air avait été chassé de mes poumons, résultat de la pression générée par l'accélération spatiale.

— Putain, je me suis cassé le nez avec mon genou, dit Trax lorsque je parvins à nous sortir de là.

— Le voilà, dit Alex en ignorant son ami. Il le montra du doigt.

L'arme était sur notre écran radar mais je la voyais aussi par la fenêtre. Les gars avaient raison. C'était énorme, la taille d'un énorme avion-cargo se dirigeant vers la Terre.

— Cible engagée et en ligne de mire, me dit Alex.

— Et si on rate ? demandai-je, inquiète.

Il me regarda.

— Nous n'avons qu'une seule chance, faute de quoi la Terre explosera.

Voilà. La confiance dont nous avions besoin l'un envers l'autre. Il disait avoir un missile qui ferait exploser la Terre en ligne de mire. Je devais croire en son expérience, tout comme il avait toujours cru en mes capacités. Pendant un court instant, je l'avais pris pour un autre et m'étais trompée sur toute la ligne. Choisir d'aller sur Vélérion pour un homme revenait à dire que j'étais comme ma mère.

Ce n'était pas le cas. J'avais bien sûr son ADN, mais rien de plus. Je n'avais jamais reçu son amour. Son dévouement. Sa confiance. Alex m'avait tout donné et plus encore. J'avais accepté de le suivre quelques minutes à peine après son arrivée dans mon appartement parce que je sentais au fond de moi que c'était le bon. C'était un homme bon.

Je n'avais pas seulement confiance en Alex, j'avais confiance en moi. J'avais pris cette décision parce que j'étais intelligente. Je n'étais pas seule. Je formais une équipe avec Alex. Nous formions une équipe. Un couple soudé. J'étais peut-être une solitaire mais j'avais attendu. Pour ça. Pour cet instant.

J'avais confiance en moi et en Alex.

— Je cite Nave, « Chope ce putain de MBI, » dis-je.

Alex acquiesça une fois et réalisa la gravité de mes paroles.

— J'ai besoin que tu maintiennes la distance et la

vitesse. Nous n'aurons que quelques secondes pour nous tirer d'ici une fois que j'aurai tiré.

— Bien reçu, répondis-je en me concentrant sur ma mission.

Tirer et se barrer. Se barrer vraiment à toute vitesse.

— Verrouillage du missile engagé. Attends. Attends.

Attendre ? Merde... comme dans un film à suspense, quand je retenais ma respiration. La survie de toute une planète dépendait de cet instant. Personne sur Terre ne savait qu'ils étaient sur le point de mourir.

Quelque chose d'important se matérialisa sur l'écran-radar. Nous étions encore à des années-lumière, mais le MBI ne mettrait pas longtemps à traverser le vortex et détruire la Terre. Pas à la vitesse à laquelle il voyageait.

— Maintiens cette allure. Je dois l'atteindre dans l'espace interstellaire, ici, annonça Alex. Tir dans trois, deux...

Le tir du canon laser propulsa le *Valor* en arrière, réduisant notre vitesse de moitié. La force de l'impact fit basculer ma tête en avant, nous tournoyâmes sur nous-mêmes. Je me souvins de nous éloigner rapidement du rayon d'explosion, tirai sur le manche et redressai le vaisseau, nous nous éloignâmes du missile aussi vite que le permettait notre appareil. Nous étions toujours vivants mais le tir nous avait éloignés de notre cible.

— Qu'est-il arrivé à un et go ? demandai-je en ralentissant le *Valor* à une vitesse raisonnable. Nous devions économiser le carburant, il nous restait moins de dix pour cent d'autonomie.

— Le MBI était sur le point de franchir le vortex. Nous aurions manqué le tir

— Ça a marché ? demandai-je en faisant tourner le *Valor* pour mieux voir.

Je jetai un coup d'œil par la fenêtre et l'écran-radar. Rien. Rien de rien. J'ignorais totalement où nous étions.

— Alors ?

Il n'eut pas besoin de répondre. Une explosion si brillante que je dus fermer les yeux et regarder ailleurs éclaira la fenêtre. Je sentis même la chaleur. Le vaisseau fut ballotté une fois de plus, comme pris dans une tornade. J'agrippai les commandes et plaçai le vaisseau à l'horizontale, traversant les énormes vagues générées par l'impact.

— Vélérion, ici le *Valor*. Le MBI se dirigeant vers la Terre détruit. Mise à jour concernant le second missile.

— Ici Vélérion. Missile détruit. Rentrez sur Arturri.

Nave et Trax poussèrent des cris de joie à l'arrière. Je souris à Alex qui me sourit en retour. Si nous n'avions pas été dans ce cockpit étroit ou sans les deux Vélérions à l'arrière, je l'aurais embrassé. Je lui aurais sauté dessus. Je l'aurais traîné dans le poste de commandement le plus proche pour fêter ça.

— On a réussi, dis-je.

— On a réussi. On forme une bonne équipe, répondit-il.

— Je parie que la Reine Raya est furieuse.

Oh, comme *j'aimerais* être une mouche sur le mur de cette base astéroïde. Je pourrais voir le visage de cette salope s'empourprer et se marbrer de rage. Elle casserait peut-être quelque chose. Aurait une attaque. Mourrait. Oui, mourir serait le top.

Alex sourit.

— Oui, c'est fort possible.

— J'adore jouer à ce jeu avec toi, Alexius de Vélérion.

J'étais amoureuse de cet homme. Follement amoureuse, raide dingue amoureuse mais je m'en fichais totalement, j'étais carrément accro.

Il sourit et leva les yeux au ciel.

— J'ai d'autres jeux auxquels j'aimerais jouer.

— Je vous rappelle que vous n'êtes pas seuls, rappela Trax. Déposez-nous sur Arturri et trouvez-vous une chambre bien insonorisée avec une porte.

Notre chambre fera l'affaire, pensai-je. Je vérifiai le dispositif de navigation et fis prendre un virage au *Valor* pour rentrer.

---

1. NdT : récompense cinématographique américaine.

16

*A*lexius, lune Arturri de Vélérion, base des Starfighters

J'AVAIS envie d'emmener Jamie dans notre appartement et la déshabiller à la seconde où le *Valor* atterrit. Je l'avais aidée à descendre du cockpit et veillé à ce que Trax et Nave s'extirpent de la soute à l'arrière avant d'être réquisitionnés par le Général Aryk. Tout le monde applaudissait et nous acclamait, lui n'avait pas l'air amusé.

Je comprenais pourquoi. J'étais arrivé sur Arturri lorsque Jamie avait terminé sa session de formation, un jour seulement avant de la récupérer sur Terre. Je n'étais pas sous son commandement direct avant l'arrivée de Jamie, il ignorait que je me trouvais sur Syrax. J'étais un agent double. J'essayais de débusquer le traître.

Il l'avait forcément découvert lors de notre interception derrière le port. Il avait probablement regardé la grille de navigation sur l'écran-radar tandis que nous étions encerclés et emmenés sur Syrax. S'il avait entendu les communications, il savait que j'avais remis Jamie à la Reine Raya en cadeau. Et me considérait sans doute aucun comme le fameux traître.

C'était totalement faux, que Vega m'en soit témoin. Un des siens anéantirait le Programme de formation des Starfighters et livrerait la première diplômée à l'ennemi ? L'idée me donnait la nausée. Ce sentiment m'avait poussé à avancer durant tous ces mois passés sur Syrax, comme Nave et Trax.

Nave et Trax saluèrent le général et j'attirai Jamie contre moi. Impossible de résister. Ce n'était peut-être pas le protocole face à un officier supérieur, mais il s'en accommoderait pour cette fois.

— Qu'est-ce qui se passe ici, bordel ?

Sa voix résonna dans l'immense pont d'envol. Son regard dur ne me quittait pas des yeux. Je ne me cachai pas et demeurai immobile sans ciller. Son laïus mérité signifiait simplement que nous avions bien bossé.

— Syrax ? Je n'arrive pas à décider si vous êtes le putain de traître ou juste *très* doué dans une mission dont je ne connaissais même pas l'existence.

Des sourires émaillèrent les visages accueillants qui nous entouraient. Quelques armes se levèrent, dans l'attente d'un ordre.

— Nous nous sommes échappés de Syrax, précisa Jamie.

— Vous avez été capturée par la Reine Raya, répliqua-t-il en passant une main sur sa nuque. Avec le *Valor*. Une Starfighter et son vaisseau... aux mains de l'ennemi.

Jamie haussa légèrement les épaules.

— Techniquement, Alex m'a *offerte* en cadeau.

Il me sembla entendre le général grommeler.

— C'est vous le putain de traître ? Celui qui a fait

exploser la base et tué tous ces Starfighters... dont votre propre frère ?

Le général me prenait vraiment pour un malade et un tordu ?

— Je ne suis pas le traître. Je travaillais pour les STS[1] avant l'arrivée de la Starfighter Jamie. Nous sommes tombés dans une embuscade, Général. J'ai fait ce que j'avais à faire pour sauver la vie de Jamie. La reine m'a heureusement fourni l'identité du traître.

Le général écarquilla les yeux. Je l'avais visiblement surpris. Des cris de surprise et des chuchotements s'élevèrent. Il s'agissait d'une grande nouvelle. La plus importante dans tout Vélérion depuis plus d'un an, depuis l'attaque initiale. *Tout le monde* voulait savoir qui avait vendu son propre peuple. Militaires *et* civils.

— Dans mon bureau. Exécution !

Il tourna les talons et s'éloigna, s'attendant à ce qu'on le suive, s'arrêta et fit volte-face.

— L'un de vous est mourant ?

Je fronçai les sourcils tandis qu'il nous dévisageait tous les quatre. Nous secouâmes la tête.

— Bien. Vous verrez un médecin *après* le débriefing.

Il fit demi-tour et poursuivit son chemin.

Nave et Trax me regardèrent et lui emboîtèrent le pas. C'était un chef bienveillant. En colère sur le moment, mais un homme bon. Un homme d'honneur.

Je jetai un coup d'œil à Jamie et m'arrêtai.

— Tu vas bien ?

Je voulais m'assurer de ne pas être passé à côté d'une blessure lors de notre fuite précipitée... ou avant, quand elle était prisonnière. Elle était ma priorité, peu importe l'humeur du Général Aryk. Si elle avait besoin d'aller à l'infirmerie, elle irait, et pas simplement parce qu'elle était mourante.

— Je vais bien, répondit-elle.

Je reculai d'un pas, l'observai de la tête aux pieds et me penchai pour murmurer à son oreille.

— Je te ferai passer un examen complet plus tard.

Je la sentis frémir et rougir.

Je pris sa main et la fis entrer dans le bureau du général. La porte se referma en silence derrière nous. Nave et Trax étaient déjà installés face au Général Aryk qui faisait les cent pas, oublieux de sa propre chaise.

Trax se leva et offrit son siège à Jamie. Elle prit sa place et je m'installai derrière elle, posai ma main sur son épaule. Trax alla s'appuyer contre le mur.

Le général s'arrêta, resta debout, pieds écartés, mains derrière le dos. Il regarda Nave et Trax dans leurs uniformes de la flotte des Ténèbres.

— Déclinez votre identité.

Ils obtempérèrent.

— Ordinateur, confirmation, demanda le général, il attendit que l'écran mural affiche leurs photos et coordonnées.

Il se pencha en avant, posa ses mains sur son bureau, dévisagea Trax, Nave et moi.

— Je veux tous les détails.

— Nous travaillons pour Subterranean Services. Vous savez, les STS, dit Nave.

— Je sais qui sont ces putains de STS. Vous préférez croupir en prison ? lui demanda le Général Aryk. Dites-moi quelque chose que j'ignore.

— Nous avons été mandatés sur Syrax avec Alexius pour trouver le traître. D'autres membres des STS sont également infiltrés ailleurs dans la flotte des Ténèbres, mais nous ignorons qui et où.

Le général acquiesça une fois.

— Poursuivez.

— Nous sommes restés là-bas des mois sans parvenir à découvrir qui nous avait trahis, dit Trax, visiblement frustré.

— Vous avez dit que la reine vous avait donné son nom, me dit le général.

Je hochai la tête.

— Effectivement. Quand nous avons été capturés...

Je m'arrêtai et serrai l'épaule de Jamie.

— Je ne nous ai pas livrés à la flotte des Ténèbres. Nous étions encerclés. Le vaisseau de guerre du Général Surano, deux hélicoptères de combat et dix avions de chasse Scythe étaient déjà sur nous, à deux doigts de nous réduire en miettes. J'ai fait ce que j'avais à faire pour nous garder en vie. C'était le seul moyen. Ils me prenaient pour l'un des leurs. Livrer la première Starfighter signifiait que Jamie resterait en vie suffisamment longtemps pour que je puisse nous tirer de là.

— Ça a marché, dit Trax, Nave acquiesça.

— Continuez, intima le général.

— Mon *cadeau* a renforcé mon statut au sein de la flotte des Ténèbres. J'étais un des leurs. La reine m'a convié à un dîner, tellement convaincue que j'étais de mèche qu'elle m'a dit qui était le traître. Elle m'a complimenté en me disant que j'étais encore meilleur que lui.

Le général serra les dents et posa ses mains sur ses hanches.

— Qui ?

La question me fit l'effet d'un coup de fouet. Nous avions tous perdu des êtres chers lors du bombardement.

— Le Député Rainhart.

Le général se détourna, fit face à l'écran avec les visages de Trax et Nave sans toutefois les voir, se contentant d'enregistrer cette information. Comme la pièce d'un puzzle que tout Vélérion avait essayé de résoudre.

— Qui est le Député Rainhart ? Que signifie son titre ? demanda Jamie.

Elle avait été impliquée dans tellement de choses depuis sa récente arrivée. J'avais oublié qu'elle ne connaissait personne en dehors d'Arturri ou du programme de formation. A vrai dire, elle avait rencontré plus de membres de la flotte des Ténèbres que de Vélérions. Et la Reine Raya, l'ennemie en personne.

Le général se retourna, leva une main pour m'empêcher de répondre.

— Vélérion est gouverné par la Délégation, un groupe de représentants élus à l'initiative de nos lois, et les font respecter.

Jamie opina du chef et réfléchit.

— Comme un parlement ou un sénat. Quel est le réel pouvoir de ce Rainhart ?

Le Général Aryk s'exprima lentement.

— Rainhart est député depuis près de vingt ans. Il siège à la tête de multiples comités, à la défense planétaire et la fabrication d'armes notamment.

— Oh merde.

Le petit éclat de Jamie me fit sourire, chose qui m'aurait semblé impossible voilà quelques instants encore.

Personne ne pipait mot. L'ampleur de la trahison de Rainhart était difficilement acceptable.

— Il doit mourir.

Trax s'exprimait en notre nom à tous. Je n'étais pas le

seul à avoir perdu des amis ou de la famille le jour de l'attaque.

— Ce n'est pas vous qui vous en chargerez, prévint le général en nous désignant lentement tous les trois, tour à tour. Nombreux sont ceux qui veulent sa peau après ce qu'il a fait, mais nous allons faire les choses correctement. Nous allons l'utiliser, comme lui nous a trahis.

Je m'éloignai du mur sans lâcher Jamie.

— La reine a très probablement réalisé son erreur en me donnant son nom. Elle l'a peut-être déjà prévenu, dis-je.

— Ou fait exécuter, ajouta Nave.

— Il est peut-être déjà mort, suggéra Jamie.

Trax et Nave marmonnèrent des jurons. Nous étions concentrés sur notre évasion de Syrax... et sauver la Terre.

— Vous ne pouvez pas attendre, Général.

Le général hocha la tête.

— D'accord.

Il se tourna vers Nave et Trax.

— Je suis sûr que votre supérieur au sein des STS attend un débriefing.

Ils acquiescèrent.

— Oui, effectivement, dit Nave en se levant. Nous allons y aller et nous en occuper. Avec votre permission.

Le général les dévisagea, se demandant visiblement s'il voulait qu'ils retournent à leur base ou pas. Ils étaient dans son bureau et attendaient qu'il leur permette de disposer. Il ne pourrait plus les débriefer une fois partis.

Il esquissa un bref signe de tête.

— Merci pour vos efforts sur Syrax. Je suis fier de vous tous. Bon voyage jusqu'à votre base d'origine.

— J'ai hâte de voir Rainhart enchaîné, dit Trax, avant de baisser la tête en signe de respect.

Nave fit de même et se tournèrent vers moi. Ils me sourirent, me tapèrent sur l'épaule et regardèrent Jamie amicalement.

— Nous nous retrouverons bientôt, dit Trax.

— Avec plaisir.

Ils quittèrent la pièce et la porte se referma derrière eux.

— Vous pouvez également disposer, dit le général, avant de lever la main.

— Pour l'instant. Je vais me rapprocher des STS et des autres généraux pour débusquer le Député Rainhart. Il se retrouvera derrière les barreaux d'ici la fin de la journée. Nous avons un problème plus important encore.

Il soupira.

— Les MBI. Deux notamment. Nous ignorons combien en compte l'arsenal de la flotte des Ténèbres, ni *quand* la Reine Raya risque d'en tirer un nouveau. Espérons qu'elle ait utilisé les seuls à sa disposition dans sa colère et n'en ait plus.

— Les chefs de la flotte des Ténèbres lui en fourniront d'autres.

— Oui, assurément. A bon prix. Nous sommes en alerte et le resterons jusqu'à ce que nous sachions ce que la reine a comme atouts dans sa manche. Vous deux êtes libres de partir. Pour l'instant.

Il passa une main sur son visage.

— Vous n'avez pas besoin de notre aide ? demanda Jamie.

Le visage du général se radoucit légèrement.

— Vous excellez au poste de pilote, les canarder dans ce putain d'espace. Mais trouver les MBI, leur provenance, leur mode de transport... eh bien, c'est le travail des spécialistes du centre de contrôle de mission. Ils se sont déjà acquittés de cette tâche.

Il me regarda quasiment d'un œil noir.

— Votre travail pour les STS est terminé, c'est compris, Starfighter ?

Je jetai un coup d'œil à Jamie, qui me regardait avec confiance et dévouement. Il n'y avait plus de barrières entre nous désormais. Plus de secrets. Je n'avais plus à cacher des pans de ma vie. Ce n'était pas vraiment un ordre. Il me *signifiait* que ma double vie était terminée.

— Ma mission est combattre aux côtés de ma femme, Général. Rien d'autre. Saluez les STS de ma part.

Cette fois, au lieu de prendre la main de Jamie, je me penchai et la juchai sur mon épaule.

— Alex ! cria-t-elle en martelant mes reins de ses petits poings, qu'est-ce qui te prend ?

— Tu es mon cadeau, ma chérie. Je veillerai à ce que tu ne t'échappes pas.

— Général ! s'écria-t-elle, en quête d'une aide improbable.

J'entendis son rire juste avant que la porte de son bureau ne se referme derrière nous. J'emportai Jamie jusqu'à notre appartement. Rien ne m'empêcherait de la faire mienne. Totalement. Et pour toujours.

---

1. NdT : Subterranean Services : Services Secrets

17

JE REBONDISSAIS sur l'épaule d'Alex à chacun de ses pas sur le chemin menant à notre appartement, nous traversâmes le salon pour aller directement dans la chambre. Je ne pouvais pas croire qu'il ait fait ça, devant le général en plus.

Il était possessif mais bien à moi. Et il ne faisait aucun doute que j'étais sa propriété après cet effort. Il verrouilla la porte avant de me faire glisser le long de son torse.

Je crus que mes pieds toucheraient le sol mais il ne me posa pas, me plaqua au contraire contre sa poitrine, nez à nez. Un bras passait dans mon dos, l'autre autour de mes fesses.

Il me fixait de ses yeux sombres. J'y lisais la culpabilité, l'angoisse. La frustration. Le désir. Tant d'émotions, toutes à cause de moi.

— Je t'ai occasionné une souffrance supplémentaire, Jamie.

Sa voix était aussi tendue que son regard. Si ses mains n'étaient pas déjà pleines, il se serait probablement arraché les cheveux.

— Je t'ai menti. Je t'ai fait de la peine. Je te fais le serment que je ne recommencerai plus jamais.

Il baissa les yeux sur sa tenue, l'uniforme gris de la flotte des Ténèbres, d'un air dégoûté.

— Je ne porterai plus jamais cet uniforme. Je suis désolé que tu aies vu cette image de moi.

La peine sincère dans ses yeux me coupait le souffle.

— Arrête.

Je posai mon doigt sur ses lèvres pour le faire taire.

— Je me fiche de ton uniforme. Je t'assure.

Il secoua la tête.

— Cet uniforme est une trahison de tout ce que nous sommes, de tout ce pour quoi mon frère est mort. Je ne supporte pas de me voir revêtu des couleurs de la reine.

— Ton frère serait fier de toi, Alex, rétorquai-je. Tu as découvert pour Rainhart. Tu as fait ça pour lui et pour tous ceux morts ce jour-là. Tu pourrais porter les couleurs de la flotte des Ténèbres, de Vélérion ou n'importe quoi d'autre. Je ne me soucie pas des vêtements, mais de l'homme sous l'uniforme. Il est à moi. Je t'aime, Alex. Et si me mentir nous sauve la vie à tous les deux, tu as intérêt à le refaire. Je croirai toujours en toi.

Son sourire m'ôta un poids de la poitrine, je pouvais de nouveau respirer. Jusqu'à ce qu'il parle.

— Tu es incroyable, ma chérie.

Merde et re-merde. J'essayais d'empêcher mes yeux qui piquaient derrière mes paupières de se transformer en larmes, mais je n'en avais pas la force après le dernier épisode infernal que nous venions de vivre. Je clignai des yeux et elles roulèrent sur mes joues.

— Pose-moi, s'il te plaît.

Il écarquilla les yeux, subitement inquiet.

— Qu'est-ce qu'il y a ?

— Rien. Je vais bien.

Je m'agitai jusqu'à ce qu'il me lâche et je tapotai son épaule.

— J'ai juste besoin d'une douche. Je sens la prison.

Son sourire revint.

— Je devrais peut-être te rejoindre et m'assurer que le travail soit bien fait.

Je clignais des yeux. Deux autres larmes de la taille d'un grain de raisin laissèrent une traînée salée sur mes joues. Et ben. J'étais pitoyable.

— Non. Je me débrouillerai.

Son embarras me donnait encore plus envie de pleurer. Je m'enfuis vite fait, fermai la porte de la salle de bains derrière moi et ouvrit l'eau.

J'étais pourtant sincère. La puanteur de la cellule de la Reine Raya me monta au nez alors que j'enlevai mon uniforme, et le jetai dans le toboggan réservé au linge indiqué par Alex. Il avait dit que les robots dédiés au ménage s'en occuperaient. J'imaginais de petits robots en forme d'elfes.

Un puissant jet d'eau chaude se déversa sur moi, apaisa mes muscles tendus. Cette tension était malheureusement la seule chose qui me faisait tenir.

J'étais chauffeur-livreur, pas ninja de l'espace. Je n'étais pas Marine ou Ranger, un militaire coriace ou un guerrier impitoyable. Et si j'avais envie de pleurer sous la douche parce que je venais de dire à l'homme dont j'étais éperdument amoureuse que je l'aimais pour la toute première fois, et que lui ne m'avait rien répondu en retour ? Eh bien, c'était mon droit, non ?

Pleurer était normal quand on avait le cœur brisé en mille morceaux. Bien sûr, les choses étaient allées vite, mais ce que nous avions affronté et combattu ensemble... je croyais que notre lien— et pas uniquement notre couple— était plus fort que tout.

Je récurai chaque centimètre de peau et lavai trois fois mes cheveux, en essayant d'effacer les souvenirs de cette prison de pierre et sa barrière laser, ma peur, ma rage. Tout.

Je sortis quand je me sentis mieux et m'enveloppai dans une serviette. Je ne voulais pas affronter Alex mais je n'avais nulle part où aller. La porte s'ouvrit sur Alex.

— Ça va ? demanda-t-il en m'observant de haut en bas.

— Je vais bien.

Ses lèvres s'amincirent et il croisa les bras sur sa poitrine.

— Je vais me doucher et m'assurer que tu n'emploies plus jamais ce mot.

Ma seule réponse consista en un sourcil levé et :

— Bien.

Je le laissai se doucher et fouillai dans mes valises vertes moches. J'avais besoin de réconfort en ce moment. J'avais besoin de me sentir en sécurité, chez moi.

En sécurité ? Oui. Personne ne me kidnapperait ni ne m'agresserait ici.

En sécurité ? Evidemment. J'étais Pilote d'élite, je possédais mon propre vaisseau. J'étais célèbre maintenant, tout comme Alex. J'avais la sécurité de l'emploi à vie, toute la nourriture possible et imaginable, un endroit pour vivre et quelque chose d'intéressant à faire au quotidien.

Mais chez moi ?

Le cadenas de ma valise s'ouvrit et tout le contenu tomba en désordre sur le sol.

— Merde.

Je m'agenouillai et farfouillai dans mes affaires. Chaque objet me paraissait étranger. Mes pantoufles toutes douces. Un vieux jean troué au genou gauche. Mes jeans du week-end, mes préférés. Des t-shirts. Le livre de poche que je lisais et laissais habituellement sur ma table de chevet. Des culottes et un ensemble de lingerie acheté il y a deux ans, quand je me croyais amoureuse d'un collègue de travail qui s'était avéré un sale con avant que j'aie l'opportunité de le porter.

— J'espérais te voir avec.

La voix d'Alex m'interrompit, mes mains se figèrent avec la lingerie. Je le regardai, si séduisant, tout dégoulinant, une simple serviette autour de sa taille fine.

— Pas étonnant.

Une répartie très masculine. Un mec voulait du sexe. Pas de l'amour.

Je lâchai l'ensemble en criant en voyant une petite oreille duveteuse dépasser du bas de la pile.

— M. Câlins ?

J'extirpai le petit ours en peluche en lambeaux en tremblant et le serrai contre ma poitrine. Il était jadis couleur miel, avec des yeux marron foncé et un petit gilet marron. Le gilet avait disparu depuis longtemps. La couleur miel doré était désormais un vieux beige terne.

Mais il était doux et familier, le seul vestige physique de mon enfance, l'ami qui m'avait tenu compagnie quand je pleurais pour m'endormir parce que ma mère n'était pas rentrée du bar, ou quand elle était là, ivre morte sur le sol de la salle de bains.

Voir mon vieil ami me brisa le cœur, je pleurai en me berçant d'avant en arrière, agenouillée sans rien hormis une serviette de bain.

— Arrête.

Alex me prit dans ses bras avec M. Câlins et nous emmena jusqu'au lit, m'installa sur ses genoux, ma joue contre sa poitrine.

— Tu vas me dire ce qui ne va pas, maintenant.

Je luttai pour me calmer.

— Je vais bien.

Il souleva doucement mon menton vers lui.

— Interdiction d'employer ce mot. Compris ?

— Bien.

— Jamie.

Il ne termina pas sa phrase, simple mise en garde.

Je ne pouvais pas le regarder en face.

— C'est rien, juste le stress de ces deux derniers jours.

Il inclina de nouveau mon visage vers lui, m'empêcha de bouger cette fois en posant une main chaude sur le côté de mon cou, juste au-dessus de mon tatouage de Starfighter, copie conforme du sien.

— Je ne peux pas accepter de te voir souffrir. Dis-moi ce qui se passe.

Il pressa doucement M. Câlins.

— Qui est-ce ?

Je reniflai et souris.

— M. Câlins. Ma meilleure amie me l'a offert pour mes six ans.

— Où est cette meilleure amie aujourd'hui ?

Mon profond soupir respirait le gros chagrin bien tenace.

— Sa mère a décidé que je n'avais pas une bonne influence sur sa fille. Elle m'a dit qu'on ne pouvait plus être amies en CE2 parce qu'une fois, ma mère s'est pointée à l'arrêt de bus avec un marteau. Elle est dans une université à New York. Une école top niveau. Première de sa classe. De beaux vêtements et les amis qui vont avec.

— Et tes autres amis ?

Sa voix était douce maintenant. Apaisante.

— Je n'en ai pas.

Je haussai les épaules.

— Enfin si, Mia et Lily de la session de formation, mais je ne les ai jamais rencontrées en vrai. Elles habitent à des milliers de kilomètres de chez moi. Se faire larguer une fois m'a suffi.

— Des frères et sœurs ?

— Non. Dieu merci.

Je soupirai.

— Pour être honnête, ma mère n'aurait pas dû avoir d'enfants du tout, pas en étant incapable...

— Incapable de quoi ? demanda-t-il.

— De les aimer.

Il écarquilla les yeux, son pouce caressait mon cou d'avant en arrière. Un geste apaisant, sûrement autant pour lui que pour moi.

— Ta mère ne t'aimait pas ?

Je me raclai la gorge pour ne pas craquer à nouveau. Je me reprenais peu à peu.

— Si elle m'aimait, elle ne me l'a jamais dit.

— Elle ne t'a jamais dit qu'elle t'aimait ?

— Non.

— Elle s'occupait de toi ? Elle s'assurait que tu ne manques de rien ?

— Je présume qu'elle faisait de son mieux.

Je soupirai à nouveau et contemplai les yeux brillants et sans vie de M. Câlins.

— Non, c'est un mensonge. Elle aurait pu faire mieux. Me faire passer en premier, ou au moins en second. Elle a choisi de ne pas le faire.

— Elle a choisi de ne pas s'occuper de son enfant ? Ou de ne pas t'aimer ?

— Les deux.

— C'est impossible.

Alex remua pour me prendre dans ses bras, se pencha et colla son front contre le mien.

— Il est impossible de ne *pas* t'aimer, ma chérie.

Deux secondes, et les larmes roulèrent du coin de mes yeux jusque dans mes cheveux humides.

— Mais, je t'ai dit que je t'aimais et tu n'as pas... tu... peu importe.

Je ne lui demanderai *rien*. J'avais supplié ma mère pour avoir de l'amour et de l'affection bien trop de fois, j'avais retenu la leçon. Demander de l'amour et ne pas l'obtenir faisait bien plus mal qu'être ignorée.

— C'est pour ça que tu pleures ? Pour des mots ?

Je léchai mes lèvres sèches.

— Les mots sont importants. Ils ont beaucoup d'importance.

Il m'embrassa tendrement, ses lèvres étaient douces, ses bras autour de moi solides et rassurants.

Mon Dieu, je l'aimais tellement. J'étais dans tous mes états.

Il recula et leva une main pour essuyer les larmes au coin de mes yeux.

— Je me battrai pour toi, je tuerai pour toi, je mentirai, tricherai et volerai pour toi. Tu sais que je dis vrai. Je l'ai déjà fait. Pour toi.

Je hochai la tête. C'était la vérité. Il était venu à mon secours. Il m'avait sauvée. Il avait également sauvé Nave et Trax.

— Je mourrais pour toi, poursuivit-il, tu es mon cœur, mon âme et ma vie, Jamie Miller. Je t'aime. Si tu as besoin d'entendre ces mots pour y croire, je te les dirai chaque heure, chaque jour, jusqu'à ce que tu te lasses de les entendre.

Je ne pus m'empêcher d'esquisser un sourire. Je sentais des papillons dans ma poitrine.

— Ok.

Il sourit et mon cœur fondit.

— Tu veux m'entendre dire je t'aime toutes les heures ?

Je mordillai ma lèvre et hochai la tête.

— Oui, je crois que oui.

Mon cœur était plus léger qu'il ne l'avait jamais été depuis des années. Non, jamais.

— Au moins pour le moment.

— Eh bien, Jamie Miller de Terre, je t'aime.

Il se pencha et m'embrassa sans douceur aucune. Il tira ma serviette et me fit rouler, je me retrouvai sous lui. Il enleva la serviette autour de ses hanches.

— Ton ami d'enfance à fourrure risque de crier au scandale. Je suggère que M. Câlins...

Alex me prit l'ours et le posa délicatement sur la petite table à côté de la lampe...

— s'assoit de ce côté.

Je ris lorsqu'Alex déplaça l'ours afin que ses yeux soient tournés vers la porte de la salle de bains. Content que M. Câlins n'assiste pas à notre partie de jambes en l'air, il se tourna vers moi et haussa un sourcil face à ma réaction.

— Tu as quelque chose à dire, ma chérie ?
— Non.

Je m'approchai, passai mes bras à son cou et changeai d'avis.

— En fait, oui. Dépêche-toi. J'ai envie de toi.

Il baissa la tête et m'embrassa à perdre haleine. Je m'arcboutai sous lui, sentis son corps musclé, je l'incitai à se dépêcher, aussi bien en actes qu'en paroles.

— Je croyais que tu m'aimais.
— Je confirme.

Alex remua et s'allongea sur moi de tout son long, cala ses hanches entre mes jambes, il m'embrassait sans relâche. Il ondula des hanches afin que son membre en érection frotte mon clitoris et ma vulve humide. Je ne pensais plus à rien. Il me surplombait, ses mains à côté de ma tête. Il pesait légèrement sur moi afin que je puisse profiter de nos différences, mais pas suffisamment pour m'étouffer. Mes mamelons durcirent au contact de sa peau chaude. Je voulais le sentir en moi, qu'il me dilate, qu'il me remplisse. Maintenant.

— Alex !

J'essayai de soulever mes hanches pour l'accueillir, sans résultat. Ses coups de boutoir devinrent plus rapides, sa bite de plus en plus humide à chaque aller-retour. Il accéléra le rythme sur la zone la plus sensible de mon corps, me poussait vers l'orgasme.

Il m'excitait à vitesse grand V, un vrai record. Avec lui j'étais désinhibée. Sauvage. Libre.

Il attendait, faisait durer le plaisir, m'embrassa encore, et encore, et encore jusqu'à ce que je sois haletante, essoufflée, implorante.

— Aaaalex.

Mes chevilles s'agrippèrent à ses cuisses, je me cramponnais à lui de toutes mes forces.

Alex s'immobilisa.

— Ouvre les yeux.

J'obéis et découvris une expression encore jamais vue chez lui.

Confiance. Désir. Envie. *Amour*.

— Je t'aime, Jamie.

Sur ce, il imprima un vigoureux coup de rein et me pénétra profondément. Il me remplissait entièrement.

Ce n'était pas la première fois qu'il me possédait, mais j'avais l'impression que nous formions enfin— *enfin*— un véritable couple. Nous avions traversé l'enfer et en étions revenus. Ensemble. Une mission pénible. Douloureuse. Effrayante. Mais je savais que rien n'était impossible avec Alex à mes côtés.

Je savais que ce n'était pas à sens unique vu sa façon de me pilonner. Je le croyais mais il avait raison. Aucun doute n'était permis. Il me protégerait et me donnerait aussi du plaisir.

Les muscles d'Alex se contractèrent. Sa peau était presque chaude au toucher. Sa respiration irrégulière. Son sexe s'était assurément épaissi. Le savoir avec moi...

Les vagues de plaisir commencèrent à s'accumuler jusqu'à ce que je perde mon sang-froid, je me contorsionnai en gémissant tandis que l'orgasme me traversait comme un éclair.

Il s'arrêta et resta profondément enfoui en moi. Silencieux, immobile, il me regardait, savourait chaque son, chaque mouvement, chaque gémissement de plaisir. J'étais complètement accro.

Je finis par reprendre mes esprits, contemplant le visage de l'homme le plus extraordinaire jamais connu et remerciant Dieu, le destin et tout l'univers d'avoir orchestré notre rencontre.

— Je t'aime.

Il sourit avec une satisfaction toute masculine et ondula des hanches, son sexe bougeait en moi. Je haletais face aux ondes de choc qui m'ébranlaient, les mouvements de son corps sur le mien.

— Comment tu te sens ?

— Bien.

Son sourire s'évanouit et céda la place à une détermination farouche.

— Ce mot ne fait plus partie de ton vocabulaire.

— Pardon ?

— Je t'avais prévenue.

Il se retira et me fit basculer sur le ventre, je n'eus pas le temps de sentir l'air frais ambiant sur ma poitrine. Il écarta mes genoux et s'installa de nouveau entre. Je le sentais sur moi. Son pouvoir. Sa domination. Ses coups de boutoir prouvaient son désir infini pour moi. — Ce mot n'existe plus.

— Alex, tu plaisantes. Je...

Il pénétra mon sexe béant et palpitant en levrette, je n'achevais pas ma phrase et poussais un petit gémissement. Je m'arcboutais afin de l'accueillir plus profondément. Je posais les mains de part et d'autre de ma tête, j'agrippais les draps pendant son pilonnage. Il ne pouvait pas aller plus loin. Je me sentais... possédée. Protégée. Dominée. J'étais sur le point de jouir à nouveau.

Il s'arrêta, posa ses mains sur les miennes de chaque côté de ma tête.

— Comment ça va, ma chérie ?

— Bi...

Je m'interrompis juste à temps, il me récompensa en ondulant des hanches et en me pilonnant au point de me faire crier.

— C'est super bon, Alex. Incroyable.

Il me pénétrait encore plus profondément. Vigoureusement.

Je criais à nouveau comme il me clouait au lit.

— Trop bon.

Il s'allongea sur mon dos et me plaqua contre le matelas.

Sa main glissa sous ma hanche afin d'accéder à mon clitoris sensible, j'écartais les cuisses et me cambrais pour faciliter l'accès. Il me pénétrait par derrière, caressait mon corps tout en me possédant. Je jouis à nouveau en poussant un petit cri, il attendit que je me calme pour reprendre sa chevauchée.

— Oh mon Dieu, Alex, c'est trop.

— C'est jamais trop, grogna-t-il.

Sa peau était en sueur. Sa voix rocailleuse. Ses mouvements vigoureux et saccadés.

Il ne tint pas bien longtemps. Mon troisième orgasme — et la façon dont mon corps pompait son sexe— le poussait au paroxysme, il jouit en criant mon nom, avant de s'effondrer sur moi, épuisé, sans espoir de récupérer.

Je m'agitais, en quête d'air, il se déplaça sur le côté et plaqua mon dos contre sa poitrine. Il passa son bras autour de ma taille, caressait ma poitrine d'une main comme il l'avait fait lors de mon premier réveil sur Arturri.

— Je t'aime, ma Starfighter.

— Je t'aime aussi, murmurai-je en retour, heureuse, comblée. Totalement et éperdument amoureuse. Rassérénée, je sombrai dans un sommeil réparateur.

Nous combattrons ensemble. Un jour, dans de nombreuses années, espérons-le, nous mourrons ensemble. L'accord parfait.

Je me sentais enfin chez moi.

Lisez Mission Starfighter ensuite!

Je suis obsédée par ce jeu.

Je passe tellement d'heures à jouer que je rêve de missions dangereuses sur d'autres mondes... et de Kassius, mon magnifique partenaire d'entraînement dans le jeu. Enfin, jusqu'à ce que je gagne. Et que je batte la Starfighter Training Academy.

Mais est-ce un jeu ? Ou un logiciel alien conçu pour recruter de nouveaux soldats naïfs pour une guerre dans un autre système stellaire ? Parce que quand mon extraterrestre sexy se présente sur mon lieu de travail et me demande de quitter la Terre pour me rendre dans le système Vega ? Hein, quoi ? Quand il m'informe que c'est mon devoir de combattre la reine Raya et la flotte des Ténèbres ? Quand il prétend qu'il me désire autant que je le désire ? Disons que les choses deviennent juste dingues.

Il n'est jamais facile d'affronter la vérité, mais lorsque

j'arrive à la base des Starfighters d'élite, j'apprends que Kassius n'a pas respecté les règles, qu'il a piraté le jeu et qu'il a menti à tout le monde dans deux mondes pour m'avoir.

Maintenant, qui fait une fixation ?

Lisez Mission Starfighter ensuite!

CONTENU SUPPLÉMENTAIRE

Devinez quoi ? Voici un petit bonus rien que pour vous. Inscrivez-vous à ma liste de diffusion; un bonus spécial réservé à mes abonnés pour chaque livre vous attend. En vous inscrivant, vous serez aussi informée dès la sortie de mes prochains romans (et vous recevrez un livre en cadeau... waouh !)

Comme toujours... merci d'apprécier mes livres.

http://gracegoodwin.com/bulletin-francais/

LE TEST DES MARIÉES
PROGRAMME DES ÉPOUSES INTERSTELLAIRES

VOTRE compagnon n'est pas loin. Faites le test aujourd'hui et découvrez votre partenaire idéal. Êtes-vous prête pour un (ou deux) compagnons extraterrestres sexy ?

PARTICIPEZ DÈS MAINTENANT !
programmedesepousesinterstellaires.com

BULLETIN FRANÇAISE

REJOIGNEZ MA LISTE DE CONTACTS POUR ÊTRE DANS LES PREMIERS A CONNAÎTRE LES NOUVELLES SORTIES, OBTENIR DES TARIFS PREFERENTIELS ET DES EXTRAITS

http://gracegoodwin.com/bulletin-francais/

OUVRAGES DE GRACE GOODWIN

Programme des Épouses Interstellaires

Domptée par Ses Partenaires

Son Partenaire Particulier

Possédée par ses partenaires

Accouplée aux guerriers

Prise par ses partenaires

Accouplée à la bête

Accouplée aux Vikens

Apprivoisée par la Bête

L'Enfant Secret de son Partenaire

La Fièvre d'Accouplement

Ses partenaires Viken

Combattre pour leur partenaire

Ses Partenaires de Rogue

Possédée par les Vikens

L'Epouse des Commandants

Une Femme Pour Deux

Traquée

Emprise Viken

Rebelle et Voyou

Le Compagnon Rebelle

Partenaires Surprise

Programme des Épouses Interstellaires Coffret - Tomes 1-4
Programme des Épouses Interstellaires Coffret - Tomes 5-8
Programme des Épouses Interstellaires Coffret - Tomes 9-12
Programme des Épouses Interstellaires Coffret - Tomes 13-16
Programme des Épouses Interstellaires Coffret - Tomes 17-20

Programme des Épouses Interstellaires:

La Colonie

Soumise aux Cyborgs

Accouplée aux Cyborgs

Séduction Cyborg

Sa Bête Cyborg

Fièvre Cyborg

Cyborg Rebelle

La Colonie Coffret 1 (Tomes 1 - 3)

La Colonie Coffret 2 (Tomes 4 - 6)

L'Enfant Cyborg Illégitime

Ses Guerriers Cyborg

Programme des Épouses Interstellaires: Les Vierges

La Compagne de l'Extraterrestre

Sa Compagne Vierge

Sa Promise Vierge

Sa Princesse Vierge

Les Vierges L'intégrale

Programme des Épouses Interstellaires: La Saga de

l'Ascension

La Saga de l'Ascension: 1

La Saga de l'Ascension: 2

La Saga de l'Ascension: 3

Trinity: La Saga de l'Ascension Coffret: Tomes 1 – 3

La Saga de l'Ascension: 4

La Saga de l'Ascension: 5

La Saga de l'Ascension: 6

Faith: La Saga de l'Ascension Coffret: Tomes 4 - 6

La Saga de l'Ascension: 7

La saga de l'Ascension: 8

La Saga de l'Ascension: 9

Destiny: La Saga de l'Ascension Coffret: Tomes 7 - 9

Programme des Épouses Interstellaires: Les bêtes

La Bête Célibataire

La Bête et la Femme de Chambre

La Belle et la Bête

Starfighter Training Academy (French)

La Première Starfighter

Mission Starfighter

Autres livres

La marque du loup

ALSO BY GRACE GOODWIN

Interstellar Brides® Program

Assigned a Mate

Mated to the Warriors

Claimed by Her Mates

Taken by Her Mates

Mated to the Beast

Mastered by Her Mates

Tamed by the Beast

Mated to the Vikens

Her Mate's Secret Baby

Mating Fever

Her Viken Mates

Fighting For Their Mate

Her Rogue Mates

Claimed By The Vikens

The Commanders' Mate

Matched and Mated

Hunted

Viken Command

The Rebel and the Rogue

Rebel Mate

Surprise Mates

Interstellar Brides® Program Boxed Set - Books 6-8
Interstellar Brides® Program Boxed Set - Books 9-12
Interstellar Brides® Program Boxed Set - Books 13-16
Interstellar Brides® Program Boxed Set - Books 17-20

Interstellar Brides® Program: The Colony

Surrender to the Cyborgs

Mated to the Cyborgs

Cyborg Seduction

Her Cyborg Beast

Cyborg Fever

Rogue Cyborg

Cyborg's Secret Baby

Her Cyborg Warriors

Claimed by the Cyborgs

The Colony Boxed Set 1

The Colony Boxed Set 2

Interstellar Brides® Program: The Virgins

The Alien's Mate

His Virgin Mate

Claiming His Virgin

His Virgin Bride

His Virgin Princess

The Virgins - Complete Boxed Set

Interstellar Brides® Program: Ascension Saga

Ascension Saga, book 1

Ascension Saga, book 2

Ascension Saga, book 3

Trinity: Ascension Saga - Volume 1

Ascension Saga, book 4

Ascension Saga, book 5

Ascension Saga, book 6

Faith: Ascension Saga - Volume 2

Ascension Saga, book 7

Ascension Saga, book 8

Ascension Saga, book 9

Destiny: Ascension Saga - Volume 3

Interstellar Brides® Program: The Beasts

Bachelor Beast

Maid for the Beast

Beauty and the Beast

The Beasts Boxed Set

Starfighter Training Academy

The First Starfighter

Starfighter Command

Elite Starfighter

Starfighter Boxed Set

Other Books

Dragon Chains

Their Conquered Bride

Wild Wolf Claiming: A Howl's Romance

CONTACTER GRACE GOODWIN

Vous pouvez contacter Grace Goodwin via son site internet, sa page Facebook, son compte Twitter, et son profil Goodreads via les liens suivants :

Abonnez-vous à ma liste de lecteurs VIP français ici :
bit.ly/GraceGoodwinFrance

Web :
https://gracegoodwin.com

Facebook :
https://www.visagebook.com/profile.php?id=100011365683986

Twitter :
https://twitter.com/luvgracegoodwin

Goodreads :
https://www.goodreads.com/author/show/15037285.Grace_Goodwin

Vous souhaitez rejoindre mon Équipe de Science-Fiction pas si secrète que ça ? Des extraits, des premières de couverture et un aperçu du contenu en avant-première. Rejoignez le groupe Facebook et partagez des photos et des infos sympas (en anglais). INSCRIVEZ-VOUS ici :

http://bit.ly/SciFiSquad

À PROPOS DE GRACE

Grace Goodwin est journaliste à USA Today, mais c'est aussi une auteure de science-fiction et de romance paranormale reconnue mondialement, avec plus d'un MILLION de livres vendus. Les livres de Grace sont disponibles dans le monde entier dans de nombreuses langues en ebook, en livre relié ou encore sur les applications de lecture. Ce sont deux meilleures amies, l'une qui utilise la partie gauche de son cerveau et l'autre qui utilise la partie droite, qui constituent le duo d'écriture récompensé qu'est Grace Goodwin. Toutes les deux mamans, elles adorent faire des escape games, lire énormément, et défendre vaillamment leurs boissons chaudes préférées. (Apparemment, elles se disputent tous les jours pour savoir ce qui est le meilleur : le thé ou le café?) Grace adore recevoir des commentaires de ses lecteurs.

www.ingramcontent.com/pod-product-compliance
Lightning Source LLC
LaVergne TN
LVHW011814060526
838200LV00053B/3773